民主殺人

南海第三高中死亡選舉實錄

廖文斌——著

目次

第一章 民主

「你相信，殺人可以讓世界更美好嗎？」

小時候，我曾經在家裡的某本書上看到這句話。

不知為何，這個問題一直存在於我的腦海之中。每當身邊有人死去，我就會想起這個沒有答案的問題。我原本以為自己永遠無法得到解答，畢竟死亡離我太過遙遠，但這樣的日子也只到今天為止。

因為今天是高中生活的第一天，也是我成為真正意義上的國民，得到權力與義務的日子。

教室裡擺滿全新的桌椅，牆壁也才剛重新粉刷成白色，與同學們的臉色一樣慘白，我還能隱約聞到油漆的味道。但其中有幾張熟面孔，臉上寫著有別於膽怯的困惑。

每個人都很緊張，就只有坐在我旁邊的女學生，任憑窗外的微風打在臉上，低頭看著桌上的書本。儘管臉上包著繃帶，那頭隨風飄舞的長髮，以及閃亮動人的清澈眼睛，依然讓我覺得她十分美麗，而且與眾不同。

我有種想要找她聊天的衝動，但是在我開口之前，教室的門就應聲打開了。

一名西裝筆挺的男子走了進來。

他年約三十出頭，臉上掛著和善的微笑，配上那種俗氣的中分頭髮型，讓人覺得非常親切。

男子走到講台前面，誇張地展開雙手。

「大家好，我是你們的新任班導，名叫李進賢。你們可以叫我小賢賢就好。」

說完，李老師俏皮地眨了眨眼睛，但台下依然毫無反應，而他似乎也不在意。

「今天讓你們來到這裡，不是為了別的，就是要你們玩一個遊戲。」

聽到這句話，學生們總算有了反應，從原本的緊張轉為面面相覷。

「這個遊戲非常有趣，但你們可能會遇到許多痛苦難過的事情，也可能遭到背叛，甚至是被逼瘋。」

老師的臉上依然掛著笑容，只是看起來有點可怕。

「總而言之，我要你們互相殘殺，直到剩下最後一個。」

「……咦？」

我忍不住驚呼一聲。那位臉上纏著繃帶的女生也闔上書本。

就在這時，老師笑了出來。

「抱歉，我只是看你們太過緊張，才會開個小玩笑。剛剛那是電影情節的台詞，現實中才不會有那麼殘酷的事情。那種讓學生自相殘殺的遊戲，怎麼可能對國家有任何幫助。我們『真理共和國』可不是那種野蠻的國家，而且這個大一統的世界也早就沒有紛爭，不需要玩那種遊戲。」

老師難為情地搔了搔頭髮，但大家的表情還是一樣僵硬。

「不過，就跟你們知道的一樣，我們現有的和平與繁榮，都是建立在『民主』制度之上。民主帶來平等，平等帶來和平，和平帶來繁榮。你們從今天開始就是高中一年級的學生，也是我國法律上的成年人。在正式得到選舉權的同時，也得到了被選舉權。」

就在老師說出「民主」兩字的瞬間，我能感覺得到大家都有所反應。

因為那就是大家最懼怕的東西。

老師繼續說了下去。

「你們可以投票給任何想要殺死的傢伙，但也可能不幸高票當選，一切都取決於你們自己，老師希望你們在這一年裡，好好體會『民主』的真意，去思考自己該如何做人處事，跟大家一起維護這得來不易的和平。」

說完，老師打開原本就放在講台上的兩個大紙箱，從裡面拿出好幾組項圈與公民手機，還拜託坐在前排的同學幫忙發下去。

每個人都有屬於自己的項圈與公民手機，在確認過上面的國民編號之後，還得依序在名單上完成簽收，並同時戴上項圈。

當大家都拿到屬於自己的公民手機與項圈時，我們進入高中的第一次班會也就此宣告結束。

老師在最後看著我們大家，再次展開了雙手。

「好了，讓我們大家一起學習『民主』，努力當個好公民吧。」

✣

「阿仁，你知道這個該怎麼用了嗎？」

「不知道。我根本就還沒開機。」

現在是午休時間，我跟幾位同學來到餐廳吃飯。

飯都還沒吃幾口，大家就開始研究在班會上拿到的公民手機了。

順帶一提，這個坐在我對面的傢伙名叫張博凱。我都叫他阿凱。我們兩個認識很久了。

「沒開機？這樣不會受到懲罰嗎？」

「不會。我以前大致翻過《選舉法》這本書。就算永遠不開機，也不會受到懲罰。」

「可是，不打開公民手機就沒辦法投票，如果都不投票，難道不會被選舉委員會的人抓走嗎？政府應該不會允許人民消極抵制選舉吧？」

「這就是政府聰明的地方了。只要你不投票，就會自動變成投廢票，而投廢票就等於是投自己一票。」

「原來如此……畢竟大家都害怕當選，這樣就不會有人不投票了。」

阿凱低頭看向自己的公民手機，深深地嘆了口氣。

他很快就重新抬起頭來，一臉嚴肅地望著我。

「阿仁，你還是不打算投票，才會連開機都不肯嗎？」

「這個問題你到底要問幾次？你應該很清楚我的個性吧？我絕對不會投票的。」

「……也對。你確實不是那種人。不但固執得要死，還特別喜歡跟別人唱反調。」

「你錯了。我並沒有跟任何人唱反調，這是我很久以前就決定的事情。」
「可是，難道你不怕被自己的那一票害死嗎？」
「放心吧。那種事很難發生，想要當選也不是那麼容易的事情。」
「我記得班級選舉的當選條件好像是要在自己的選區裡，得到超過三分之二的票對吧？」
「沒錯，我們班有三十個學生，除非有二十個同學把票投給你，否則絕對不會當選。」
「原來如此……」
阿凱再次低下頭去。即便聽到我這麼說，他看起來還是一副很擔心的樣子。
「阿凱，你不需要想太多，這樣一點都不像你。如果連你這位大哥都這樣，大家都會害怕吧？」
阿凱這時才發現，原來其他四個人也在默默看著他。早在我們開始聊這個話題時，他們就一直在注意我們這邊了。
坐在阿凱左邊的高個子男生突然冷笑一聲。
「哈，就是說啊。你這個老好人沒必要害怕吧？這裡還有我在呢。」
他名叫黃武雄，身材高壯，長相兇惡，留著小平頭，眉毛旁邊還有一道很深的傷疤。我們大家都叫他小武。
「我長得沒你帥，說話又大聲，容易跟別人結下樑子。要是從國中時代就開始投票，我都不知道要死幾次了。就算班上有人當選，我也絕對是第一個。」

「這是值得吹噓的事情嗎？」

坐在小武對面的長髮女生說話了。她名叫趙香瑩，長得很漂亮，也很愛漂亮，從剛才開始就一直照鏡子，專心確認自己戴著項圈的樣子，直到現在才忍不住吐槽小武。

「你這個野蠻人可是我的擋箭牌，我不准你隨便去死。」

「哈，說得沒錯。如果我是全班最討厭的人，那第二名肯定是妳。」

「唉……沒辦法，誰叫我長得這麼美。其他女生一定會嫉妒我的美貌，恨不得要我去死。」

香瑩露出得意的笑容，但我實在笑不出來。

「香瑩，這可不是開玩笑的。在班級選舉之中，長相漂亮的女生確實很容易當選。我勸妳最好還是換個髮型。」

「我不要。」

香瑩輕輕撩起她引以為豪的長髮。

「我絕對不會跟其他女生一樣，全都留那種土氣的學生頭，難看死了。」

「咦……？」

聽到香瑩這麼說，在場的另一位女生小聲叫了出來。

她名叫朱曉春，身材嬌小，長著一張娃娃臉，還留著中規中矩的學生頭，只在左耳旁邊別著粉紅色髮夾。我們大家都叫她小春。

小春一副快要哭出來的表情。

「學生頭……真的有那麼難看嗎？」

「啊……抱歉，我不是在說妳！小春最可愛了！我是說其他人啦！」

香瑩慌張地這麼解釋，還緊緊握住小春的手。

我把食指放到嘴巴前面，示意她閉嘴。

「香瑩，小聲點。妳不怕被別人聽到嗎？」

「……真是麻煩死了。」

香瑩露出不悅的表情，翹起了二郎腿，但還是有聽進我的勸告。

她也明白想要在「民主」制度中活下去，就得避免被大家討厭的道理。

「而且還得戴著這種難看的項圈……」

香瑩摸著自己脖子上的項圈，看起來有點難過。

大家也在不知不覺中跟著她這麼做。

就在這時，一直沒說話的戴眼鏡男生終於開口了。

「難看根本不是問題吧？只要想到這東西隨時都能殺了我們，我就雙腿發軟。」

他名叫許彥文，頭腦很好，但也很容易想太多。我們大家都叫他阿文。

他的臉色從剛才就一直很難看，也幾乎沒吃東西。

「書呆子，你不是最擅長處理這種機械類的東西嗎？難道你就不能想辦法幫我們偷偷拿下來嗎？」

「小武，拜託你別說那種風涼話行嗎？要是真有那麼簡單，就不會有人死於選舉了。」
阿文雙手一攤，但大家還是默默看著他，讓他只能硬著頭皮解釋原因。
「聽好，這項圈可是高科技的結晶，裡面藏有靈敏的感測器，可以隨時監控項圈與配戴者的狀況，如果項圈突然被人解開，就會立刻從內側彈出極小的毒針，殺死項圈的主人。」
「那……如果拿東西放進項圈與皮膚之間，擋住毒針的發射口呢？」
阿凱似乎稍微找回平常心，冷靜地問了這個問題。
「每個項圈的毒針發射口位置都不一樣，而且隱藏得很好，你絕對找不到藏在哪裡。」
「簡單來說，就是絕對別想自己拿掉項圈的意思對吧？」
「沒錯，就算有人成功拿下項圈，項圈也會發出訊號通知選舉委員會，然後他們就會立刻派人前去回收項圈，逮捕擅自取下項圈的人，將那人依照『選舉法』的規定判處死刑。早在戴上項圈的那一刻，我們就逃不掉了。」
阿文肯定了我的結論，但我一點都不高興。
其他人也都陷入沉默。
不光是我們，餐廳裡的一年級新生，每個都是愁眉苦臉。
只有高年級的學長與學姊們若無其事，彷彿忘記了項圈與選舉的存在。
「……真不知道大家都是怎麼適應的？」
「小春，妳確定他們那樣算是適應嗎？在我看來，他們只不過是變得麻木罷了。每個人都像是死了一樣。」

兩位女孩率先開口，讓阿凱也拍拍自己的臉頰，這是他讓自己振作起來的儀式。

「不管是適應還是麻木，我都要努力讓你們幾個活下去。這是我的責任。」

「哈，那你可能得先拿剪刀，剪掉香瑩那頭長髮才行。」

「喂，如果你真的要動手，至少也該讓小春來吧。我才不放心把頭髮交給臭男生剪呢。」

「嘻嘻，那我會幫妳剪個可愛的學生頭。」

「……要是把頭髮剪短就不會當選，我今天就會剃成光頭來上學了。」

阿文冷冷地吐槽其他三個傢伙，讓我有點找回過去的感覺，暗自鬆了口氣。

雖然今天還只是第一天，但這些同伴的笑聲，還是讓我對未來多了幾分信心。

不過，我知道這只是暫時的假象。

因為我比任何人都要清楚，所謂的「民主」是多麼可怕的東西。

✤

今天是開學的第一天。

早上的開學典禮與班會結束之後，新生其實就沒有任何活動了。

大家整個下午都在忙著搬家。

因為我們就讀的這間「南海第三高中」有規定，全體學生都必須住校。不光是這裡，聽說好像每一間高中都是這樣。

雖然說是要搬家，但其實也不過就是把事先送到學校的行李，拿到自己的房間裡放好罷了。東西放好之後，可以待在宿舍裡自由活動，順便熟悉環境，但我發現在外面亂逛的人並不多。也許大家都沒那個心情吧。

房間都是兩個人一間。

聽說阿文與小武碰巧是室友，但我沒那麼好運，室友是一位不認識的同班同學，而且他一直沒有開口說話，只顧著看公民手機，完全把我當成空氣。

我不喜歡這種感覺，便決定率先開口。

「那個……你好，我叫葉明仁，很高興認識你。」

「……你好，我叫陳少華。」

「我們以後就要一起生活了。你有什麼習慣嗎？我可以盡量配合。」

「沒有。」

我努力想要延續話題，但對方似乎只想趕快結束。

不過，他稍微想了一下後，又補充了這句話。

「我只希望你盡量少跟我說話。」

「為什麼？」

「因為我不想跟任何人扯上關係。我不需要朋友，只想平安度過高中生活。」

「……你覺得封閉自己就一定比較安全嗎？」

「沒錯。大家都是這麼說的。」

「大家？」

「我是說，我的家人是這麼告訴我的。」

也許是看我的眼神有些懷疑，他又補充了一句。

「至少他們都沒當選過，我想他們的建議應該很有參考價值吧。」

「原來如此……」

「你家人都沒跟你說過這些嗎？」

聽到這個問題，我一時之間不曉得該如何回答。

「這個嘛……他們信奉放任主義，不會對我干涉太多。」

「原來你父母是那種『愛國者』嗎？我聽說那些『民主』的信徒，為了尊重『民主』制度，都不會給自己子女太多建議。」

「……不，他們不是。至少，我相信他們並不想看我被這個社會淘汰掉。」

「不過，我覺得你很危險。其他那些傢伙也是。」

「其他那些傢伙？」

「就是中午跟你一起吃飯的那些人。我猜他們應該是你的國中同學吧。他們太高調了。

如果你不想死，就要盡量遠離那種人。我爸爸說……」

說到這裡，陳少華突然停下來，輕輕打了自己一巴掌。

「抱歉，忘了這些話吧。我不該多管閒事的。」

他似乎想起家人的教誨，再也不肯開口跟我說話。

我發現他其實應該是個熱心的好人，但是脖子上的項圈，讓他只能變成這樣。

當天晚上，我夢見了久違的父母。

✤

開學後過了幾天，我們終於上到歷史課了。

因為這個國家與世界已經好幾千年維持不變，所以歷史課並沒有太多東西可講。

不過，同時也是歷史老師的班導，依然努力地站在講台上講課。

「現在是西元四千九百二十年，而人類已經有兩千多年不曾戰爭了。換句話說，自從這個真理共和國成立之後，人類一直處於世界和平的狀態。你們知道這都是多虧了什麼嗎？」

李老師語音剛落，一位女學生立刻舉手，起身回答。

「是『民主』。」

「沒錯。羅同學，妳又答對了。」

女同學露出驕傲的表情，重新坐了下來。

雖然她已經答對好幾次老師的問題，但答案永遠都是「民主」，我想這裡應該沒有人會答錯才對。

「在這個國家成立之前，人類一直處在戰亂之中。即便沒有外敵，任何政體也都無法長治久安。究其原因，就是出在不平等之上。只要國家內部變得不夠平等，就會造成階級對立，最後演變成革命，把一切全部推倒重來，而這個過程每次都會讓人類付出慘重的代價。因此，有一位賢者做出了結論，想要讓人類得到真正的和平，就得先追求平等。於是，他想出了一套制度。有人知道那是什麼制度嗎？」

「是『民主』。」

羅同學再次舉手回答，露出了得意的表情。

不過，李老師露出燦爛的微笑，用雙手在胸前比了個叉叉。

「錯，是『共產』。」

羅同學一臉錯愕，旁邊有人不小心笑了出來。

是香瑩與小武。

羅同學瞪了他們兩人一眼，不甘願地重新坐下。

老師繼續說了下去。

「所謂的『共產』制度，就是運用國家與法律的力量，強制均分所有人的財富，以此達到平等的目標。不過，『共產』制度最後失敗了。因為人類的惰性。如果不管我怎麼努力，都只能得到跟別人一樣的東西，又有誰還會想要努力呢？『共產』制度之所以失敗，全是因為沒有考慮到人性。」

老師轉過身體，在黑板上寫下大大的「人性」兩字。

「不過，幸好後來在人類裡，又出現了一位更聰明的大賢者。他在研究人性的過程中，找到了驅使人類追求平等的情感。有人知道那是什麼樣的情感嗎？」

這次羅同學沒有舉手，讓老師四處張望，最後跟我對上視線。

「葉同學，請你說說看吧。」

「……是嫉妒。」

「沒錯！看來我們班上也有一位大賢者呢！」

老師露出今天最燦爛的笑容，用雙手食指同時指向我，還俏皮地眨了眨眼睛。

「只要是人，就會有嫉妒之心。看到別人比自己富有，比自己美麗，比自己幸福，就會有種受到剝奪的感覺。為了不讓自己嘗到這種滋味，人類就會想要比別人得到更多，貪念就是由此而生，而這也是造成各種不平等的原因。就是因為人類的貪念無法得到控制，每個人都想得到更多，社會才會一直朝著不平等的方向發展。於是，這位大賢者想到了。如果把人類的『嫉妒』變成一種制度，拿來抑制人類的貪念，是不是就能達成真正的平等了呢？」

老師再次轉身，在黑板上寫下大大的「民主」兩字。

「而他最後發明出來的制度，就是我們大家都熟知的『民主』了。『民主』跟『共產』不同，不是強制所有人平等，而是讓所有人做出選擇，除掉那個最讓人眼紅，同時也是最貪心的傢伙。這會讓大家都有所警覺，知道自己不能成為眾人嫉妒的對象，但在不會當選的範圍內，又能各自努力，爭取最大限度的幸福。這樣就可以適度壓抑人們的貪念，又避免『共產』制度的弊端，實現真正的平等了。」

老師再次轉身，在黑板上寫下大大的「平等」兩字。

我旁邊那位臉上纏著繃帶的女同學稍微舉起了右手，但很快就放了下去，所以老師也沒看到。

寫完板書之後，老師看了看手錶，準備為這堂課做出總結。

「你們在今年正式成為選民，而我也能明白你們緊張不安的心情。畢竟我也曾經年輕過。不過，你們只需要知道一件事。那就是『民主』不是一種故意要虐殺人民的制度，所以當選條件也很嚴苛。只要你們沒有太過背離『民主』的精神，就絕對不會死於選舉。」

老師再次轉身，在黑板上寫個不停，而且還邊寫邊說。

「你們所屬的選區，也就是這個班級的選舉，將會在每個月的月底舉辦。當選條件是全體人數的三分之二，也就是二十票。老師這個人比較樂觀，相信我們班絕對不會有人當選，所以重點還是這個月中的全國選舉。」

老師拿起紅色粉筆，把「全國選舉」這四個字圈起來。

「老師今天跟你們講這麼多，就是希望大家都能明白『民主』的真意。各位手中的神聖一票，可以除掉這個國家的毒瘤。這是為了讓世界變得更好，維護這得來不易的和平。記住，這是『民主』，不是『殺人』。你們不需要有任何罪惡感，儘管執行『正義』就是了。」

老師最後又在黑板上寫下「殺人」兩字，這堂課就結束了。

他最後為何選擇在黑板上寫下這兩個字，讓我思考了好久。

✤

「呼……終於可以喘口氣了。」

阿凱大大地伸了個懶腰，然後就整個人癱坐在咖啡廳的沙發上。

大家的反應也都跟他差不多。

今天是開學後的第一個週末。我們六個人一起來到校外，找了間看起來還不錯的咖啡廳，享受著久違的悠閒。

「哈哈，你們是南海第三高中的學生對吧？我以前也是那裡的學生喔。」

一位鬍渣沒刮乾淨的中年型男把咖啡端了上來。

他是這裡的店長，看起來是個陽光開朗的好人。

「店長，怎麼是你親自送咖啡過來？店裡沒有其他服務生嗎？」

阿凱先是左右張望，然後問了這個問題。

「沒有。店裡只有我一個人。畢竟還有選區的問題，我可不想自找麻煩。選舉委員會很煩人的。」

「選區的問題？什麼意思？這就是你沒請店員的原因嗎？」

「是啊。政府規定只要一間公司的員工超過三個人，就得主動申請成為選區，每個月定期舉辦選舉。那太可怕了。」

店長舉起雙手，表情充滿無奈。

我稍微想像了一下，也覺得毛骨悚然。

店長繼續說了下去。

「而且我會選擇自己出來開店，而不是去找工作上班，就是為了遠離選舉。我怎麼可能回去過那種提心吊膽的生活？」

「原來還可以這樣啊……」

「是啊。我甚至連婚都不結了呢！連家庭選舉都不需要參加！這就是完全的自由！哇哈哈哈！」

「可是，還有全國選舉不是嗎？」

小春說出理所當然的疑問，但店長豎起食指，露出迷人的微笑。

「哼，我不過就是個小人物，就算煮的咖啡超級難喝，客人全都投票給我，也絕對不可能當選的啦。」

說完，店長就一邊哈哈大笑，一邊回去煮咖啡了。

「……我突然有種想要投票給他的衝動了。」

阿文小聲說出這句話，讓大家都露出了苦笑。

「畢竟這幾天真的很不好受呢。」

「是啊……同學都跟死人一樣，對人愛理不理的。我這輩子活到現在，還是頭一次被人當成空氣。」

兩位女孩說著自己這幾天的經歷，讓現場的氣氛再次變得沉重。

「真羨慕阿文跟小武，至少你們還能跟熟人住在一起，不用連回到宿舍都沒人可以聊天。」

也許是想要改變氣氛，阿凱笑著這麼說。

「沒那種事。小武這傢伙打呼超大聲，我寧願室友是個死人。」

「什麼？你這個半夜都在磨牙的傢伙，竟然還有臉說我？」

小武和阿文開始鬥嘴。阿凱發現自己說錯話，趕緊換個話題。

「對了，那你們三個呢？你們的室友好相處嗎？」

「糟透了。我的室友偏偏是那個愛國者。她每天晚上都拿著公民手機，研究該把票投給誰。」

香瑩率先回答。即便沒有指名道姓，大家也知道她說的是誰。阿凱豎起食指。

「妳是說那個滿嘴『民主』的女生對吧？我記得她好像叫做……」

「羅雅琪。」

「對對對，就是這個名字。」

「她真的很誇張。她可以一整晚都在看選舉公報，嘴裡還念念有詞的。阿仁，我覺得你最近可能要小心一點。」

「我？我怎麼了？」

「我不知道她全國選舉的時候會投給誰，但她八成會在班級選舉的時候投你一票。」

「……我跟她連一句話都沒說過耶。」

「不過，她好像對歷史課上發生的事情懷恨在心。我當晚親眼看到她把枕頭咬下一塊。」

「……那也應該是投票給妳和小武吧？關我屁事。我又沒有偷笑。」

「可是你得到了老師的稱讚。她當時還氣到折斷手裡的原子筆。」

「……如果她要因為這樣就投票給我，那我也認了。」

我雙手一攤，換來眾人同情的目光。

我不喜歡這樣，只好轉頭看向小春。

「小春，那妳呢？妳的室友是誰？」

「我嗎？我的室友是佳歆。雖然她很安靜，但我覺得她是個好人喔。」

「佳歆？那是誰啊？」

香瑩歪頭想了一下，但最後還是想不起來的樣子。

「就是我們班上那個臉上纏著繃帶的女生啊。她叫做白佳歆。」

「原來妳是說她啊……」

「我也對她很有印象呢。」

「是啊，畢竟她是我們班上少見的長髮女孩。」

「雖然看不到長相，但她的眼睛很漂亮呢。」

「真想看看她拿下繃帶的樣子。」

「我猜她一定是個大美女。」

三個臭男生開始討論起那位女孩。男人就是男人。只要聊起女生的事情，就會變得有精神了。

這讓香瑩顯得不太開心。

「唉……男人就是這麼單純，連一個沒看過臉的女生，都可以讓你們在那邊發情。」

「哈哈哈……」

小春露出無奈的苦笑，隨後立刻被香瑩逼問。

「小春，既然妳們兩個是室友，那妳應該看過她拿下繃帶的樣子吧？她臉上真的有受傷嗎？還是說，那只是她搞出來的人設？」

「這個嘛……她只會在晚上熄燈後拿掉繃帶，早上也比我早起床，所以我沒看過她拿下繃帶的樣子。不過，她說她是在去年受傷的，還因為這樣留級了一年。」

「留級？妳是說，她其實是我們的學姊嗎？」

「是啊，所以她早在開學典禮那天就戴著項圈了，難道你們都沒發現嗎？」

聽到小春這麼問，香瑩轉頭看向我。

也許是因為我就坐在那女孩旁邊吧。

我搖了搖頭。

「我沒發現。畢竟她留著長髮，我也沒心情去注意這個。」

「……可是，我看你當時一直盯著她看。」

小春突然說出這句話，讓我愣了一下。

在場眾人同時看了過來，而且眼神有點奇怪。

「……喂，你們別胡思亂想喔。旁邊坐著一個臉上纏著繃帶的女生，任何人都會感到好奇吧？」

「小子，你喜歡那女孩嗎？」

店長不知為何跑過來插嘴，一臉認真地問了這個問題。那表情讓我莫名火大。

「關你屁事啊！」

我費了一番力氣才把他趕走。

阿凱露出尷尬的苦笑，還好心幫我轉移話題。

「對了，你們有要加入社團嗎？我聽說學校社團不是選區，很多學生都會參加，讓自己有個可以喘口氣的空間。」

「啊，我已經加入電腦社了。不過社團裡有個同班同學，有時候還是會覺得不太自在。」

阿文率先這麼說道。小春疑惑地歪著頭。

「為什麼加入社團就能喘口氣啊？」

「因為社團裡的人際關係不會影響到選舉的結果，不管你在社團裡表現得多好，還是不小心得罪別人，都不會害死自己。」

阿文笑著這麼說，看起來像是很滿意自己的決定，還建議我們也快點加入社團。

畢竟一直待在宿舍裡也很無聊，或許我該認真考慮這件事。

我們在咖啡廳裡坐了好一段時間，該說的話也說得差不多了。當大家都在努力找尋話題時，阿凱突然拋出一個問題。

「話說回來。下週末就是全國選舉了。你們打算怎麼做？」

「那還用說嗎？當然是投廢票。」

面對阿凱的問題，我想也不想就這麼回答。

小春露出寂寞的笑容。

「畢竟這是院長的教誨呢。」

「……是啊。」

香瑩垂下目光，難得表現出憂鬱的模樣。

阿文雙手一攤。

「就算是在校外，講起院長的事情，我還是有點怕怕的呢。」

「怕什麼？我覺得院長跟你們都顧慮太多了。這又不是什麼天大的祕密？我討厭這樣偷偷摸摸的。」

「小武，話不是這麼說的。可以避免的風險，還是應該盡量避免。」

在說出這句話的同時，阿凱環視周圍。店裡只有我們這組客人，還有獨自坐在吧檯後面打呵欠的店長。

「首先，我們的身分就是個問題了。畢竟我們跟其他人不太一樣，而這個社會很排斥我們這樣的人。這你應該也明白吧？」

「那也沒必要連在學校裡都要假裝不認識吧？我們開學那天就一起吃飯了，其他同學應該也發現我們幾個早就認識了。」

小武不服氣地這麼說。其他人也跟著板起臉孔。

不過，阿凱還是很堅持自己的想法。

「這我明白。不過，他們應該只以為我們是國中同學，但如果我們經常在校內聊天，別人很可能會在偷聽我們對話的時候，猜到我們幾個真正的關係。」

阿凱似乎也跟我一樣，被室友看到我們一起用餐的樣子。他很快就發現這樣不是很好，馬上用公民手機聯絡其他人，要大家在學校裡盡量不要交談。就連我這個原本不打算開機的傢伙，也在他的要求之下開機了。

在那之後，我們一直只用手機互相發送訊息，直到今天才能這樣面對面聊天。

「也許你們會覺得我很膽小，但這是院長最後託付給我的任務，所以我無論如何都要保護好你們。」

聽到阿凱這麼說，小武也只能摸摸鼻子。

後來，我們再也沒有說話，很快就散會離開了。

✤

過了幾天之後，我終於聽從阿凱的建議，找了個社團加入。

在這間文藝社的社辦裡，就只有我一個學生。

據說直到去年為止，這個社團還有另一位社員，但那人好像出了點意外，後來就一直沒出現了。

「我知道你們這些學生參加社團，只是想要放鬆一下，所以也不打算要求太多。不過，你每學期還是至少得寫一部短篇小說給我，不然我也很難向校方交代。」

負責擔任社團顧問的中年女老師這麼告訴我，然後就把社辦鑰匙交到我手上。

「事情就是這樣。從今以後你就是社長了。只要是在社團活動時間之內，不管你要怎麼使用這間社辦都行。」

丟下這句話後，老師就離開了。

雖然這間社辦並不大，只有普通教室的四分之一，但對我來說還是相當寬敞。

我在社辦中央的折疊桌旁邊坐下，從口袋裡掏出公民手機。

雖然我還是無意投票，但這個東西確實很方便，不但可以用通訊軟體跟朋友聊天，也能自由在網路上瀏覽，在無趣的校園生活中，實在很適合拿來打發時間。

這或許也是政府的陰謀吧。故意把選舉工具做成這麼方便的東西，讓人民在生活中離不開它，自然而然地把選舉也當成生活中的一部分。

不過，據說政府擔心有人利用網路操控選舉，都會暗中監視每一支公民手機的瀏覽記錄與通訊內容。雖然這只是謠傳，但還是會讓人在使用時有所顧慮。

「嗯？小春又傳訊息過來了嗎？」

看到手機桌面跳出的通知，我立刻打開通訊軟體確認訊息。

她還是一樣喜歡跟我聊些無關緊要的話題，於是我也隨便應付了一下，順便告訴她我加入文藝社的事情。

跳出已讀通知後，她就再也沒有回應了。

我心想她可能在忙，也沒有想太多，就直接打開自動發送到手機裡的選舉公報。

那是一份製作精美的電子簡報，上面記載著下次全國選舉的候選人名單，還有他們的個人資料。

雖然號稱是全國選舉，但這個國家實在太大了，總人口超過一百二十億人，就連這個名為南海省的南太平洋小島，也有超過三千萬的居民。

因此，所謂的全國選舉其實只是全省選舉，我們只需要從南海省的十五位候選人之中選出一個就行了。

這份名單上有罪犯，有企業家，有政治家，甚至還有當紅偶像。

把這些人全部放在一起，挑出一個傢伙殺死，就是讓這個國家得以維持和平兩千多年的重要儀式。

「……這真是太可笑了。」

我把手機擱在桌上，起身走到窗戶旁邊，看向被夕陽染成橘紅色的天空。

腦海中浮現出一位老太太的身影。她慈眉善目，總是笑容滿面，但她偶爾還是會露出嚴肅的神情，而且每次都會說出同一句話。

「民主就是殺人。只要投過一次票，那人就再也無法回頭，內心將會慢慢死去，最後落進無底的深淵。」

在想起她的同時，我忍不住流下眼淚。

不知道過了多久，身後突然發出聲響。

我驚訝地回頭一看，發現那位臉上纏著繃帶的女孩就站在後面，低頭看向我放在桌上的手機。

「……你在研究選舉公報嗎？」

她似乎認得我這位同班同學，才會直接向我搭話。

雖然她語氣輕柔，但聲音中帶有一絲嚴厲，聽起來好像不太高興。

「……不，我只是做做樣子。聽說政府會監控這些公民手機，我想說至少得打開檔案一次，免得招來不必要的麻煩。」

「原來如此……」

她輕輕點了點頭，然後又向我低頭道歉。

「對不起，我不該擅自偷看你的手機。」

「沒關係，畢竟是我自己要把手機丟在桌上……」

說完這句話，我就不知道該說什麼了。

她好像也是一樣。

我們同時陷入沉默。

我看著她，她也看著我。

正當我試著找話題的時候，她率先開口了。

「那個……我聽鄭老師說，今天有個新生加入社團，那人就是你嗎？」

「對，我就是。」

聽到她這麼問，我突然想通了一些事情。

「妳就是去年退社的那位學姊？」

「嗯。我去年發生了一點事情，今年才回到學校。」

她沒說太多，而我也無意過問。

這就是身在「民主」國家的生存之道。不過，我總覺得她那種看似冷漠的態度不是刻意為之，而是性格使然。

我們很有默契地各自找了張椅子坐下，然後很有默契地輪流自我介紹。

「我叫白佳歆，今後請多指教。」

「我叫葉明仁。朋友都直接叫我阿仁。」

「我知道。小春常常跟我說起你的事情。」

她露出微笑。那笑容非常自然，沒有半分虛假。

自從來到這間學校後，我還是頭一次在其他人身上感覺到親切感。

「她也跟我說過妳們是室友的事情。」

這讓我瞬間卸下心防，很自然地跟她聊了起來。

跟她聊過之後我才發現，原來小春跟她說過不少關於我們六個人的事情。要是讓阿凱知道這件事，他肯定會昏倒吧。

「對了，我勸你最好還是別再那麼做了。」

「妳是指什麼事情？」

「就是把手機放在自己看不到的地方。那樣很危險。」

「為什麼？」

「因為有可能被人偷看。雖然我知道自己沒資格這麼說……」

她稍微低下頭，耳朵也變紅了。

看來她還很在意剛才那件事。

「沒差吧。反正我的手機裡也沒什麼見不得人的東西。」

「不，話不是這麼說的。」

她迅速恢復嚴肅的表情。

「現在還沒開始投票，所以你們可能無法理解。一旦選舉正式開始，大家都會想要知道別人投票給誰。不記名投票原本就是為了保護投票者，要是失去這層保護，很可能會給自己帶來麻煩。」

「這我倒是沒有想過……」

我這時才發現，她確實是我們的學姊，早就經歷過「民主」的洗禮。

她似乎也想起不愉快的回憶，眼神中充滿憂鬱。

「不過，反正我也不打算投票給別人，就算讓人偷看手機也沒差。」

我實話實說，讓她看起來有點驚訝。

「……你不打算投票嗎？」

「對。」

「一輩子都不投？」

「對。」

「為什麼？」

「因為……我總覺得這樣不是很好。要是投票給某人，結果那人真的當選死掉，感覺不是很討厭嗎？」

我沒有說出院長的事情。因為我自己也是這麼想的。

不過，就算這個名叫白佳歆的女生不是一位愛國者，沒有跑去向選舉委員會告狀，我說出這種話還是很不妙，但我就是無法控制自己。

「……看來我們應該很合得來呢。」

說完，她微微一笑。那笑容不知為何讓我心跳加速。

然而她很快就皺起眉頭，一臉嚴肅地注視著我。

「不過，你真的明白這有多麼困難嗎？」

「困難？不過就是投廢票罷了，到底有什麼困難？」

聽到我這麼說，那女生眼裡閃過一絲失望，低下頭去不再看我。

我不知為何覺得有些慌張，想要問清楚她為何會有這種反應，拚命在腦海中找尋合適的話語。

就在這時，社辦的門突然被人打開。

小春鬼鬼祟祟地探頭進來，一看到我就大聲叫了出來。

「阿仁，原來你真的加入這個社團了！」

「那又怎樣？這種事有必要讓妳特地跑來確認嗎？」

我不耐煩地這麼說，但她完全不理我，直接跑到我身邊轉來轉去。

「奇怪？你怎麼臉紅了？」

「我才沒有！妳看錯了！」

我連忙遮住自己的臉，讓白佳歆在旁邊偷笑。

後來，小春也坐下來陪我們聊天。因為有小春這個共通的朋友，還有她那種開朗活潑的性格，剛才那種尷尬的氛圍很快就一掃而空，三個人都有說有笑，讓我度過一段輕鬆愉快的時光。

阿凱真的沒有騙我。

我發自內心慶幸自己加入了這個社團。

因為加入文藝社，還莫名其妙當上社長，讓我變得經常需要跑去教職員辦公室。

今天也是這樣。為了歸還社辦的鑰匙，我在黃昏時分來到教職員辦公室。在敲門之前，我還先探頭看向窗外，確認李老師今天是不是也在整理花圃。因為我實在不擅長應付那傢伙，所以都會盡量避免碰到他。

✤

「請進。」

我輕輕敲過門後，辦公室裡便傳出這樣的聲音。

聲音的主人是一位年輕女性。我聽聲音就知道她是誰了。她是方老師，負責教社會課。這位新任女老師不但長得漂亮，個性也跟我們的班導李老師完全相反，班上的所有學生都很喜歡她。

我立刻開門走了進去。方老師也露出笑容迎接我。

其他老師似乎都下班回家了，就只有她這位菜鳥教師還待在辦公室裡面。

「葉同學，你來還鑰匙嗎？」

方老師劈頭就這麼問。我點了點頭。

「對。」

方老師微微一笑，把手伸到我面前。

「交給我就行了。」

「謝謝老師。」

向她道謝之後，我把鑰匙放到她手上。

我本想就這樣轉身離開，但又覺得不太禮貌，於是便這麼問道。

「老師，妳還不回家嗎？」

「是啊。我還有些業務做得不是很上手，總是得多花點時間。」

老師露出靦腆的笑容。雖然她只化了淡妝，臉上戴著俗氣的黑框眼鏡，髮型也是常見的齊肩短髮，服裝也很樸素，但這一切都藏不住她天生的美貌。

我可以理解班上的男生為何總是在上社會課時特別專心。其實我第一次見到她時也很驚訝，但不是因為她的外表，而是因為她的氣質。

總覺得她跟平常人不太一樣，但我又說不出這種感覺是怎麼回事。

我不知道該怎麼面對她，一直在腦袋裡盤算著該怎麼快點離開，但老師好像還沒有要放過我的意思。

「那你呢？習慣高中生活了嗎？」

聽到老師這麼問，即便知道她不是那個意思，我還是忍不住想起脖子上的項圈。

「……還沒有。如果可以的話，我希望自己永遠不要習慣。」

「啊……」

老師似乎聽出我這句話的意思，表情顯得有些後悔，但她很快就努力擠出微笑。

「這樣啊……如果你有遇到什麼問題，就跟老師說一聲吧。我一定會盡量幫忙。」

她沒有把事情說破，就只是釋放出最大限度的善意，讓我體會到她有多麼成熟。

「謝謝老師。」

我迅速向老師道謝，然後就轉身離開辦公室了。

在走出辦公室的瞬間，我用眼角餘光看到老師的身影。看到她面帶微笑不斷揮手的樣子，我好像明白剛才那種奇怪的感覺是什麼了。

那是一種沒來由的親切感。就在這一瞬間，我發現這位女老師的祕密，而她八成也早就看穿我了吧。

不過，我並沒有把這件事放在心上，也不打算主動戳破。

畢竟祕密這種東西只要被別人戳破，就絕對不會發生什麼好事。

✤

又過了幾天，全國選舉的日子終於到了。

我們六個人來到上次那間咖啡廳，把自己的手機擺在桌上。

大家都有收到名為「選票」的特殊電子郵件，只要打開這封郵件，勾選其中一位候選人的名字，然後回覆郵件，就算是完成投票的動作了。

換句話說，這些候選人的命運就掌握在我們手上。

「喂，你們覺得誰會死掉？」

阿文說出這句話，讓大家都皺起眉頭。

「我知道你們都不想投票，但反正坐在這邊也很無聊，就當作是玩個猜謎遊戲嘛。」

他拿起自己的手機，打開桌面上的選舉公報。

「我昨晚稍微看了一下，覺得這個叫做呂長城的人最有可能當選。他原本是一位國中老師，卻利用偷拍到的猥褻照片，逼迫女學生與自己發生關係，受害者多達十五個人。這傢伙真的太惡劣了。雖然他最後得到無期徒刑這樣的判決，但我覺得大家應該都不會原諒這種連續強姦犯，如果必須投票給一個想要殺死的傢伙，我覺得就是他了。」

雖然沒有明說，但我知道阿文是真的很想投票給這個人。

小武一拳打在自己的手掌上，咬牙切齒地這麼說。

「欺負女人的傢伙都是人渣。要是讓我遇上，我一定會打死他。」

「不，我覺得這個人不會當選。」

阿凱輕輕托著下巴，在自己的手機螢幕上滑了幾下。

「這位名叫王永興的企業家比較危險。他的公司最近發展得很快，讓許多其他企業都很眼紅，這也是他成為候選人的原因。」

「……畢竟『民主』制度就是建立在人類的嫉妒心之上，我也覺得這個人比較可能當選。」
我贊成阿凱的看法，但香瑩似乎不是這麼想的。
「我覺得小夢……就是這個本名叫做柯孟如的女孩比較危險。她是當紅偶像，因為最近緋聞曝光，結果那些噁心的宅男粉絲就通通變成黑粉了。」
「而且她很漂亮，本來就有很多女生討厭她了……」
小春一臉擔憂地這麼說，讓我突然覺得很好奇，轉頭看向香瑩。
「香瑩，難道妳不會想要投票給她嗎？」
「為什麼我要投票給她？」
「因為她……」
我話還沒說完，香瑩就露出充滿自信的笑容，輕輕撩起自己的長髮。
「反正我長得比她漂亮，才不需要跟其他那些醜女一樣嫉妒人家。」
聽到她這麼說，在場的男生全都傻住，小春也露出苦笑。
就在這時，現場突然響起另一個人的聲音。
「不不不，我覺得你們都想得太淺了。」
店長不知為何又跑過來插嘴，一臉得意地這麼說。
因為他經常跑來插嘴，大家也早就懶得吐槽了。
「你們還太年輕了。只有沒經歷過選舉的人，才會有那種天真的想法。」

「不然你這位咖啡廳老闆又有何高見？」

我接過他端來的冰咖啡，問了這個問題。

店長拿走阿文擺在桌上的手機，一邊捲動選舉公報一邊解釋。

「你們提到的那三位候選人之中，有兩個人肯定不會當選。那就是王永興與柯孟如。王總裁在成為候選人之後，立刻就向其他競爭對手提出許多雙贏的合作計畫，還主動低價釋出自己手中的公司股票給別人收購，要是他當選死掉的話，那些股票的價值也會一落千丈吧。當然，他也沒忘記捐錢給慈善機構改善形象。這些都是那些大企業家保命的老招了。」

「那小夢呢？你怎麼知道她不會有事？」

小春歪著頭這麼問。店長臭屁地搖了搖食指。

「妳以為經紀公司的人都是傻子嗎？為了保住小夢這棵搖錢樹，他們早就出賣男方了。只要拜託認識的周刊雜誌寫一篇報導，把男方描寫成一個惡劣的感情騙子，利用卑鄙下流的手段迫使小夢與他發生關係，就能瞬間讓小夢變成一個可憐兮兮的受害者。我猜經紀公司大概很快就會召開記者會了吧。」

「可是，只有這樣就能挽回那些男性粉絲的心嗎？這我實在是很懷疑。」

阿文提出這個疑問，其他男生也都點了點頭。

畢竟對喜歡偶像的男生來說，一個不再清純的偶像沒有任何價值。

店長繼續說了下去。

「當然沒這麼簡單啊。我猜小夢應該會在記者會上宣布要轉換跑道吧。只要她改當寫真女星，就會有人為了等著看她的寫真集，選擇暫時饒她一命。就算她下次又遇到危機，也還能從寫真女星轉型成三級片女演員。」

在場的男生們全都吞下口水。我知道大家都在想著同樣的畫面。

「……噁心。」

香瑩一臉不屑，小春也難得用輕蔑的眼神看了過來。

店長雙手一攤，輕描淡寫地這麼說。

「這不叫噁心，就只是男人的原罪罷了。」

「那這個叫做呂長城的強姦犯呢？為什麼你覺得他不會當選？」

阿凱試著轉移話題。店長從隔壁桌拿來一張椅子，硬是在我跟小春之間坐了下來。

「雖然這種罪犯候選人沒有可以保命的招數，但他這次非常走運，剛好遇到一個更可能當選的人，所以我才敢說他不會當選。」

「比他更可能當選的人？誰啊？」

「就是這個叫做邱國維的傢伙。他是一位反對『民主』的政治家。」

「政治家……原來政治家也會成為候選人嗎？」

「當然會啊。任何人都可能成為候選人。」

迅速回答阿凱的問題後，店長露出了驚訝的表情。

「等等，你們該不會不知道全國選舉的提名機制吧？」

我們全都搖了搖頭。店長小聲嘆氣，然後繼續滑著阿文的手機。

「你們可以打開選票看看。在候選人名單底下，不是還有『其他』這個選項嗎？只要勾選這個選項，在空白欄位裡輸入某人的姓名與國民編號，就能投票給任何一個人了。」

我試著打開選票，結果真的看到這個選項，而且旁邊還附有能跳到選舉委員會官網的連結，讓任何人都能透過官網查到全體國民的姓名與國民編號。

「所以其實我們每個人都是候選人，只要得到的票超過一定程度，個人資料就會出現在下一次的選舉公報上。而這個過程就叫做『提名』。順帶一提，雖然這種情況非常少見，但還是曾經有人跳過提名直接當選。」

聽到店長這麼說，我突然感到頭皮發麻。其他人好像也是一樣，臉色都不太好看。

小春怯怯地開口了。

「所以……在這次的全國選舉之中，也可能會有人投票給我們嗎？」

「是啊，不過全國選舉的當選門檻很高，你們這種平凡學生基本上不可能當選啦。」

店長雙手一攤，還露出不屑的笑容。

不知為何，這人的反應總是讓人覺得很火大。要不是看在咖啡確實很好喝，價錢也還算便宜的份上，我才不可能上門光顧。

難怪他要獨自出來開店，要是待在選區裡面，他應該早就當選了吧。

「對了，店長，大家都認識這麼久了，我好像還沒問過你的名字。」
「是啊，可以請教您的尊姓大名嗎？」
小武和香瑩努力堆起笑容，問了店長這個問題。
店長揚起嘴角，露出潔白的牙齒。
「你們不需要知道我的名字，叫我帥哥就行了。」
香瑩跟小武的額頭上都爆出青筋，氣到全身發抖。阿文雖然沒有說話，但也拿走小武的手機，努力在選舉委員會的官網上找尋資料。
阿凱露出苦笑，試著拉回原本的話題。
「店長，你還沒回答我的問題。為什麼你覺得那位政治家會當選？」
「因為我國的民主制度還有一個機制，這個機制會大幅提升這位邱國維先生當選的機率，也會大幅降低王總裁跟小夢當選的機率。」
「什麼機制？」
阿凱問了這個理所當然的問題。店長先是露出震驚的表情，然後又搖了搖頭。
「傷腦筋，你們學校的社會課老師是薪水小偷嗎？我沒想到現在的高中生竟然對選舉的事情這麼不瞭解。」
聽到店長說方老師的壞話，阿凱明顯不太高興，但他還是壓下了怒氣。
「跟老師無關，只是課程還沒教到那些東西罷了。如果你不想說就算了，但是請你不要隨便說我們老師的壞話。」

店長聳聳肩膀，因為他發現我們六個人都默默瞪著他。

「好吧，看來她至少是個受學生愛戴的好老師。我剛才說話確實太輕率了，我願意道歉。」

店長一邊這麼說一邊把手機還給阿文，然後從圍裙口袋裡拿出自己的公民手機。

「為了賠罪，我就代替她好好解釋給你們聽吧。我相信這對你們以後也有幫助。」

他在手機螢幕上滑了幾下，然後才把手機放到桌上。大家都將臉湊了過去，發現螢幕上顯示著選舉公報。不過，店長這份選舉公報顯然跟我們手中的不太一樣，在每個候選人的資料之中，還有一項名叫「民主加權」的數值。

我率先發問。

「這個『民主加權』是什麼？」

「這就是我說這位邱國維先生容易當選的原因之一。」

店長微微一笑，然後問了這個問題。

「你們看到這些候選人的『民主加權』數值，有沒有發現什麼事情？」

「啊……！我看出來了！」

阿文叫了出來。

「那位政治家的數值大於1，但是王總裁跟小夢的數值都小於1！難道說……！」

「沒錯。這些候選人在全國選舉中實際得到的票數，最後都還要乘上這個數值。也就是說，邱國維得到的票數會增加，其他兩人得到的票數則會減少。」

聽到店長這麼解釋，讓我覺得很不可思議。

「等等，這樣太不公平了吧？難道這樣沒有違反『民主』的初衷嗎？為什麼會有這樣的機制存在？」

「問得好。」

店長轉頭過來，在我肩膀上拍了兩下。

「不過我只能說這種機制是有必要存在的。如果沒有這種機制，我國現有的『民主』制度就會落入與『共產』制度相同的困境。其中的詳細原理太過複雜，我還是留給你們的老師去解釋吧。」

「……喂，你這樣太不負責了吧？」

「我又沒有收錢，願意免費跟你們說這些已經是佛心來著了。」

店長這麼反駁我，讓我無話可說。不過他還是繼續說了下去。

「你們只要知道每位公民都有自己的『民主分數』就夠了。如果民主分數夠高，這個『民主加權』數值就會變小，讓自己不容易當選；如果民主分數太低，這個『民主加權』數值就會變大，讓自己變得容易當選。雖然這個『民主加權』對小型選區的選舉結果不會有太大的影響，但是在全國選舉之中就不是這樣了。實際得票數乘上『民主加權』數值之後，甚至有可能讓人多上好幾萬票。」

聽完店長這麼說，阿凱的額頭上冒出冷汗，立刻開口發問。

「那這個『民主分數』要怎麼取得？」

「『民主分數』其實就是政府對國民的評比分數。如果一個人對國家社會有所貢獻，這個分數就會上升。我剛才不是說那些企業家都會捐款做公益嗎？除了提升形象之外，這種行為也能直接提升他們的『民主分數』。雖然他們做公益都是出於私心，但這種制度確實讓我國擁有取之不盡的社福資源，養活了許多在育幼院長大的兒童。」

說到這裡，店長不知為何掃視了我們一眼。我能感覺到大家都倒抽了一口氣。

「至於小夢那種偶像藝人也是一樣。他們的收入遠遠高過普通人，但都會把絕大部分的收入捐給社福團體，藉此換取較高的民主分數，讓自己在全國選舉中得以存活。如果不是有這種機制，世界上恐怕不會有任何企業家或是公眾人物了，所以我才會說這種機制也是有必要存在的。」

「也就是說，這位政治家的『民主分數』很低是嗎？這又是為什麼呢？」

阿凱問了這個問題。店長先喝了一杯冰開水後才幫我們解答。

「因為他反對民主，長期透過投廢票的方式抵制選舉，而那種反民主行為會讓自己的『民主分數』降低。諷刺的是，邱國維主張要改革的事情正是這種『民主分數』制度，因為他認為國民至少應該擁有抵制選舉的自由。如果他真的因為這樣死於選舉，也算是求仁得仁了吧。」

店長不再說話，店裡也陷入沉默。我知道其他人都偷偷看了我一眼。

也許是想要打破現場的詭異氛圍，小春怯怯地開口了。

「店長，你的手機怎麼會有這種功能呢？我剛才試過好幾次了，但就是沒辦法讓選舉公報顯示出『民主加權』的數值，可以教我們怎麼打開嗎？」

店長沒有馬上回答，眼神中閃過一絲慌張，但他很快就露出平常那種不正經的笑容。

「抱歉。不是我不想教你們，但這是公民手機的隱藏功能，只有『民主分數』夠高的人才能使用。別看我這樣，其實我也是個對社會很有貢獻的模範公民。」

「……就憑你這個咖啡廳店長？」

我說出這樣的疑惑。店長挺起胸膛。

「為善不欲人知。難道我默默援助過無數可憐少女的事蹟，還要向你報告？」

我懶得繼續聽他胡說八道，但阿凱似乎還有其他問題要問他，伸手指向選舉公報上的資料。

「不過，就算有這項因素，這位政治家的『民主加權』數值也還是跟那個強姦犯差不多啊。為什麼你認為是這位政治家會當選呢？」

「這個嘛……」

店長難得收起那種不正經的態度，換上嚴肅的表情，意味深長地這麼回答。

「你們以後就會懂了。」

✤

當天晚上，我利用宿舍熄燈前的一點時間溫習功課，室友陳少華則是專心躺在床上盯著手機。

我知道他在等待什麼消息。

我們兩人的手機同時發出通知聲，但我沒有拿起手機。

「結果如何？」

「……安全過關。我一票都沒有得到。」

他難得露出微笑，伸手擦去額頭上的汗水。

我原本是想問全國選舉的結果，但他只關心自己得到的票數。

這也是理所當然的反應吧。

我拿起手機，想看看到底是誰當選。

信箱裡有一封新郵件，標題是「開票通知」。

打開郵件一看，開頭就顯示著我今天得到的票數。

「一票……」

因為我沒有投票，所以自動得了一票。

這在我的預料之中，所以沒有太過驚訝。

不過，當我看到郵件最底下的當選人姓名時，我還是嚇了一跳。

「當選人是……邱國維。」

店長真的猜對了。

我還來不及思考他能猜對的原因，就立刻接到通訊軟體發來的通知。是阿凱。

他要我立刻趕到中庭一趟。

我沒想太多就帶著手機與外套出去了。

當我趕到中庭的時候，很快就看到路燈底下有五個人影。

我走向大家，發現小武與香瑩都變得臉色蒼白。

香瑩甚至嚇得渾身發抖。

其他三個人也一副手足無措的樣子。

「發生什麼事了？」

「阿仁……我好怕……」

香瑩這樣回答我，讓我聽得一頭霧水。

不過，看到她流下的眼淚，還是讓我明白這件事很嚴重。

「……我來說吧。」

小武站了出來，拿出自己的手機給我看。

「有人投票給我。我得到了八十二票。」
「八十二票……！」
我忍不住叫了出來。小武努力擠出笑容。
「……哈，國中時代被我修理過的傢伙，大概就是這麼多了吧。我也想不到他們會記恨這麼久。」
「你還笑！這樣不是很危險嗎！如果這是班級選舉，你現在已經……！」
「我知道。不過往好的方面想，至少這個班上沒有我們以前的國中同學。只要我努力控制自己的脾氣，不要隨便跟別人打架，應該就不會有事了吧。」
小武拍拍我的肩膀。我知道他在逞強，卻不知道自己能幫他什麼。
阿凱和小春也只能低著頭，只有阿文最快恢復冷靜。
「也對，班上有三十個人，我們就佔了六個。只要班上有五個人別把票投給你，你就能安全過關了。」
「哈，看來我只要在班上多交幾個朋友，就不會有事了呢。」
小武豎起拇指，但我還是無法放心。
因為香瑩抖得更厲害了。
「……香瑩，那妳呢？妳得到幾票？」
聽到我這麼問，現場的氣氛再次變得緊繃，連小武都用同情的眼神看著香瑩。

過了好一段時間後，香瑩終於拿起手機，露出難以言喻的詭異笑容。

「一……一百五十五票……」

聽到這句話的瞬間，我突然覺得此時此刻的香瑩很美。

過了很久以後我才發現，那種美就是所謂的淒美。

第二章　危機

又到了歷史課的時間。

李老師還是一樣充滿活力，站在講台上對著眾人比手畫腳。

「各位同學，第一次參加選舉的感覺如何？是不是很興奮啊？」

台下鴉雀無聲。絕大多數的人都鐵青著臉。

「大家的臉色都不好看啊。老師可以理解你們的心情。你們長到這個歲數，或多或少都曾經得罪過人吧？實不相瞞，老師當年剛升上高一的時候，也在全國選舉中得到了很多票。你們知道我當年得到多少票嗎？」

同學們全都毫無反應，讓老師看起來不太甘心，硬是找了個人起來回答。

那個倒楣鬼正好就是阿凱。

看著阿凱一臉困惑，遲遲回答不出來的樣子，老師伸出右手，豎起了三根指頭。

「是……是三十票嗎？」

「錯！是三百多票！老師我得了超過三百票啊！」

聽到老師這麼說，同學們終於叫了出來。

老師不知為何露出得意洋洋的表情。

「畢竟我勉強可以算是個帥哥，功課也總是名列前茅，只要參加運動競賽，永遠都是隊伍中的王牌，暗戀我的女生不計其數……這也是理所當然的結果吧。」

「那……那你是怎麼活下來的？」

阿凱忍不住問了這個問題。老師轉過身體，在黑板上寫下「反省」兩字。

「這就是讓我活下來的原因。在那之後，我徹底反省了自己的做人處事之道，並且做出改變，成為一個不讓大家討厭的人。這是一個過程。適應『民主』的過程。如果沒有選舉，我永遠不會知道有那麼多人討厭我，也永遠不會有改變自己的機會。可以說，是『民主』讓我重生的。」

教室裡再次陷入沉默。老師轉過身體，在黑板上寫下「重生」兩字。

「老師知道你們現在都很不安，但也希望你們能明白，連我這樣的人，都能成功活到今天了。只要你們的票數沒有多過我，就不需要太過擔心。」

我用眼角餘光看到香瑩不斷點頭，也看到小武緊盯著老師，而且微微皺眉的樣子。

我還看到羅同學舉起手來，沒等老師答應就站了起來。

「老師，我認為你剛才那些話有違『民主』的精神。」

「怎麼說呢？」

「我認為『民主』就是要幫助社會淘汰掉不適合生存的個體，藉此消除爭端，維持國家社會的和平，是以公眾的最大利益為考量，但你剛才那些話是以個體的最大利益為考量，鼓勵學生用各種手段改變選舉的結果，讓『民主』制度無法發揮真正的效果。你身為一位老師，我認為這樣不是很妥當。」

聽完羅同學這些話，老師流下眼淚，默默地鼓起掌來。

「羅同學，可以教到妳這種熱愛『民主』的學生，我真的感到非常榮幸。不過，我畢竟是個老師，幫助你們變得更好，是國家賦予我的神聖任務。因此，我要反問妳一個問題。」

「什麼問題？」

「妳剛才提到『民主』的精神，但妳真的知道『民主』的精神是什麼嗎？」

沒等羅同學回答，老師就轉過身體，在黑板上寫下四個大字。

那四個字就是「罪人之子」。

看到這四個字的瞬間，我有種背脊發涼的感覺。我想阿凱他們現在八成也是同樣的心情吧。

「羅同學，妳應該知道這四個字是什麼意思吧？」

「知道。『罪人之子』就是指那些在育幼院長大的孩子。他們的父母大多都是死於選舉，也因為父母都死於選舉，基於遺傳學的理論，他們很容易被認為是天生就無法適應這個社會的個體，在社會上遭到歧視。」

「沒錯。他們是一群容易受到歧視的孩子。根據選舉委員會的統計資料，他們也確實比普通人更容易死於選舉。不過，難道妳不覺得這種偏見很奇怪嗎？」

老師還是沒給羅同學說話的機會，逕自轉過身體，在黑板上寫下「偏見」兩字。

「在上次的全國選舉中，提倡廢除『民主』制度的政治家邱先生當選了。羅同學，我猜妳應該把自己神聖的一票投給他了對吧？妳為什麼要這麼做？」

羅同學點了點頭，然後才回答老師的問題。

「因為他否定『民主』，還說『民主』是一種罪惡。」

「那妳認為『民主』是一種罪惡嗎？」

「當然不是！『民主』是神聖的。不管是投票的人，還是當選的人，都為國家社會做出了貢獻，都是偉大的國民。就是因為國家也肯定那些當選的人，才會頒發獎章與獎金給所有當選者的遺族。」

「可是，這樣不是很矛盾嗎？那些當選者明明是偉大的國民，為什麼他們的孩子又會受到歧視呢？」

「這個嘛……」

羅同學答不出來，但老師沒有放過她，又繼續追問了下去。

「那妳呢？妳是否曾經歧視那些罪人之子？如果妳曾經有，那妳相信的『民主』到底是什麼？到底什麼才是『民主』的精神！」

老師一掌拍在講桌上，那聲音非常響亮。包含羅同學在內，所有同學都嚇傻了。

我還以為老師現在很激動，但他臉上依然掛著平常那種溫和的微笑。不知為何，那笑容讓我感到不寒而慄。

「……總之，老師只想告訴你們，人性是矛盾的。不管是如何完美的理論與制度，也都免不了存在著矛盾。就是因為這樣，質疑也是有必要的。你們還只是學生，所以千萬不能放棄質疑，停止思考。因為那才是真正的罪惡。」

老師最後又在黑板上寫下「罪惡」兩字，這堂歷史課才總算結束。

✣

現在是黃昏時分，我在文藝社社辦眺望著窗外的夕陽。

桌上擺著攤開的書本，但那只是一種象徵，也可說是儀式。

因為我心情很亂，無法靜下心來閱讀。

「怎麼了嗎？你今天好像怪怪的。」

白佳歆放下書本這麼問我。

我們平常總是各自看書，很少交談。

她會忍不住這麼問，可見我今天真的很反常。

「……我只是在思考李老師剛才說過的那些話。」

「你是指『民主』的精神嗎？」

我沉默以對。因為她並沒有猜中。

「他只是在惱羞鬼扯罷了。難道你沒有發現嗎？」

「……妳說他只是在胡說八道？」

「是啊。他沒有正面回應羅同學的質疑，而是反過來質疑羅同學，利用對方無法招架的樣子，裝出自己成功回答問題的假象，但其實他什麼都沒有回答。這就是所謂的問A答B，也是骯髒大人常用的手段。」

「……原來如此。妳不說我還真沒發現。」

「沒發現很正常。要不是身邊就有那種骯髒的大人，我也不會知道這種事情。」

「……骯髒的大人？妳是指誰啊？」

「……那種事情不重要。總之，雖然我不是很喜歡羅同學這個人，但今天還是免不了有些同情她。」

白佳歆用手撐著下巴，一副覺得有些無趣的樣子。

我第一次看到這樣的她，覺得有點新鮮。

不知為何，心中也湧出一股莫名的衝動。

「那個……我接下來要說的話可能有些失禮，如果妳不想回答的話就算了。」

「沒關係，你說說看。」

「其實……我有兩個朋友在全國選舉中得到不少票，這讓我有些為他們擔心。李老師在課堂上說要反省自己，卻沒有說出具體的方法，所以……」

「我明白了。你希望我這位過來人提供一些具體的建議是嗎？」

「沒錯。畢竟兩週後就是班級選舉了，我真的很想幫助他們。」

「你口中的那兩位朋友，是不是黃武雄與趙香瑩？」

「妳怎麼知道？小春已經告訴妳了嗎？」

「沒有。我確實有發現她好像很擔憂的樣子，但她沒有找我商量這件事。」

白佳歆低下頭來，眼神看起來有些寂寞。

「我能猜出他們得到許多票，純粹是憑著去年的經驗。那種個性強烈的人通常都很危險，不過……」

「不過什麼？」

「如果要我給他們建議，我認為他們最好暫時保持現在這樣，不要做出任何改變。」

「咦？這又是為什麼？」

「第一個理由是，他們兩個在全國選舉中得到的票數，其實不會反應在班級選舉上。不是在全國選舉中得到高票，班級選舉中的票數就會很高。」

「怎麼說呢？」

「因為你們這些新生都是第一次參加選舉，對於投票這件事還懷有罪惡感，不會輕易投票給別人。事實上，我去年第一次參加班級選舉的時候，班上有超過一半的人都投廢票。」

「可是，他們兩個在全國選舉中得到的票，應該都是以前國中同學投的。他們都是高一新生，如果那些人的朋友跟我們同班……。且小武算過票數，發現跟他以前的仇人數量幾乎一樣，可見根本沒有人不敢投票……」

聽到我這麼說，白佳歆露出微笑。

「假設你很討厭我這個人，在全國選舉中投票給我，你覺得我會當選嗎？」

「啊……」

我好像明白她的意思了。

「原來如此，就是因為大家都知道小武他們不會當選，才會故意把票投給他們對吧？」

「沒錯。如果不是出現在選舉公報裡的名人，幾乎不可能在全國選舉中當選。那些投票給你朋友的人，應該純粹只是為了洩憤，順便嚇嚇對方，才會投票給他們。反過來說，這些在全國選舉中投票給自己仇人的傢伙，其實是在逃避真正的選舉。因為投票給名單上的候選人，對方真的有可能因此死去。」

聽完這些話，我低頭想了一下。

她說的道理我都懂，但還是有些不明白的地方。

「可是，那妳為何要他們別做出任何改變？如果他們試著低調一些，不是可以讓自己更安全嗎？」

「這就是第二個理由了。如果一個人表現出害怕當選的樣子，大家反而更容易投票給他。」

「為什麼？」

「具體原因我也不是很清楚，但這是我從經驗中學到的事情。也許就跟野獸會優先攻擊示弱的傢伙是一樣的道理吧。總之，我覺得他們直接當選的機率很低，可以先暫時看看情況，如果真的在下次班級選舉中得到高票，再來考慮該怎麼做也不遲。」

「……好吧。我明白了。謝謝妳的忠告，我會轉告他們的。」

白佳歆的建議讓我看到一絲希望，卻不知為何開心不起來。

「……你怎麼還是那種表情？還有什麼心事嗎？」

她歪著頭看了過來。

我不好意思繼續讓她擔心，只好說出腦海中剛才閃過的畫面。

那就是羅同學今天在課堂上的樣子。

「我只是突然覺得羅同學有點可怕。她竟然能毫不猶豫投票給名單上的候選人，知道對方當選之後，還能一副若無其事的樣子。」

「……是啊。有些人害怕當選也害怕投票，有些人害怕當選但不怕投票，也有些人不怕當選也不怕投票。不過在這個國家，她那樣才是正常的。這也是最可悲的地方。」

我們兩人就這樣陷入沉默，直到社團活動結束都再也沒有開口說話。

✤

現在是上課時間，但班上充滿著歡樂的氛圍，跟上歷史課的時候完全相反。

因為現在是社會課，站在講台上的人是一位美女老師。

不光是男學生，連女學生都笑瞇瞇地看著她。

這種感覺實在很神奇，我甚至有種重新回到國中時代的錯覺，完全忘記自己脖子上的項圈。

也許方老師的魅力不是來自外表，而是來自人格，才能讓她同時擄獲班上男生與女生的心吧。

「因為我們國家實行民主制度，絕大多數國民都會避免在自己所屬的選區找尋伴侶，為了幫助國民找到合適的對象，凡是年滿十八歲的國民，都能參加政府定期舉辦的配對活動。」

雖然上課的內容永遠離不開「民主」，大家也還是可以輕鬆面對，阿凱甚至還主動舉手發問。

「老師，如果我去參加那種活動，是不是也有機會跟妳配對？」

阿凱紅著臉說出這句話，讓全班同學都笑了出來。

就連最崇拜民主的羅同學跟最懼怕民主的陳少華也不例外。

我確信大家在這一刻都暫時忘記了「民主」。

方老師露出苦笑。

「不行喔。來自同一個選區的參加者，絕對不會被分在一起，因為那樣會讓配對活動失去意義。」

「可是，我們兩個嚴格來說不算是同一個選區的人不是嗎？我是學生，妳是老師。我參加的班級選舉與妳無關。」

阿凱還不放棄，但方老師很快就斬斷了他心中僅存的一絲希望。

「別忘了，每個學期都會舉辦一次全校選舉。雖然我不會參加班級選舉，但你們這些學生可以在全校選舉中投票給我啊。我們兩個仍然是同一個選區的人喔。」

「我絕對不會投票給妳的！」

雖然阿凱說出這樣的話，但他也知道這種話毫無意義，無法改變殘酷的事實，只能緊咬著嘴唇重新坐下。

我原本還擔心阿凱的言行會引來反感，結果發現班上同學都用同情的目光看著他，這才總算鬆了口氣。

看來民主還沒讓我們完全失去慈悲心，沒人想要對一隻落水狗扔石頭。

教室裡的氣氛突然變得很沉重，直到老師清了清喉嚨。

「對了，我還有一件事要告訴你們。在學期中的時候，你們還得參加社會實習課，跟指導老師一起去參觀校外的示範單位。為了方便解說與製作報告，你們到時候可能需要分組行動。」

說到這裡，方老師突然轉頭看向阿凱。

「張同學，雖然老師沒辦法跟你配對，但如果只是要在社會實習課跟你一起行動，老師倒是非常樂意喔。」

方老師還向他眨了眨眼睛，我彷彿在她身後看到天使的翅膀。

阿凱終於笑了出來，迅速起身向老師鞠躬。

「謝謝老師！」

看到他臉上的傻笑，全班同學也跟著笑了出來。

最後，這堂嚴肅的社會課就這樣在歡笑聲之中結束了。

✣

今天又是學校放假的日子。

我們六個人照慣例來到校外的咖啡廳集合。

才剛找好位子坐下，阿文就嘆了口氣。

「唉……真不曉得我們為何每次都要約在這種地方碰面。」

「哈哈……這間店好像有種神祕的魔力呢。」

小春露出苦笑，很自然地拿起菜單。

香瑩也不太耐煩地這麼說。

「阿凱，是你提議要來這裡的。快說，店長到底給了你什麼好處？」

「這個嘛……其實我也不知道原因，就是莫名其妙想喝這裡的咖啡。」

「這裡的咖啡該不會下了藥吧？就是很糟糕的那種……」

小武用懷疑的眼神看向店長，店長也笑瞇瞇地走了過來。

「沒有喔。我絕對沒有下藥。你們會忍不住上門光顧，純粹是因為咖啡太好喝了。畢竟身體可是很誠實的。」

雖然店長的表情很欠打，但大家都懶得反駁，默默地幫自己點了杯咖啡。店長轉身走掉之後，我才說出自己的想法。

「我想……其實是因為我們只有在這裡能放心聊天吧。」

聽到我這麼說，阿凱點了點頭。

「是啊。這間店離學校有段距離，很少會有其他學生來到這裡，確實給我一種遠離選舉，可以徹底放鬆的感覺。」

「嘻嘻，感覺好像回到過去了呢。」

小春笑了出來，香瑩也勉強跟著擠出笑容。我從表情看出了她現在的心境。

「香瑩，妳還是很擔心嗎？」

「廢話。就算你跟我說了那些話，我也不可能放下心來吧？因為我不信任那個沒臉的女人。」

上次在社辦裡跟白佳歆聊過之後，我馬上就用手機傳訊息給小武與香瑩，轉達她給的忠告了。

「她一定是故意要陷害我，因為我長得比她漂亮。」

「可是，其實我覺得她說得很有道理。」

阿凱這麼說道。阿文也點了點頭。

「是啊，我也覺得大多數人都無法輕易投票給別人。只因為看某人不順眼，就投票給那個人，要是對方真的當選死去，心裡多少都會有罪惡感吧？我們跟這個班級的其他同學認識還不到一個月，我不認為會有人想要投票殺死我們之中的某人。」

「拜託，你們該不會忘記那個滿嘴民主的瘋女人了吧？我每次剛洗完澡，在房間裡穿著內衣納涼的時候，她都會用奇怪的眼神看著我。那是嫉妒到想要殺人的眼神。絕對錯不了。」

香瑩抱著自己的身體打了個冷顫。阿文不知為何有些臉紅，做出了一個大膽的假設。

「……那有沒有可能不是嫉妒，而是愛慕的眼神？」

「你說什麼……！」

香瑩忍不住叫了出來，旁邊的小春也臉紅了。

「你……你不要亂說話！那樣更可怕了！我還寧願她投票給我呢！」

現場陷入一種尷尬的沉默，我下意識地把手伸到桌上，但咖啡還沒送上來，讓我又把手縮了回去。

香瑩輕輕撫摸自己的長髮，不知為何露出悲傷的表情。

就在這時，店長終於端著咖啡過來了。

「你們在討論女同志的事情嗎？讓我湊一腳吧。我這個人最喜歡百合了。」

「誰要跟你討論那種事情啦！」

香瑩氣得站了起來，要不是阿凱趕緊拉住她，她大概會衝過去打人吧。

看到香瑩這麼激動，店長清了清喉嚨，難得露出正經的表情。

「不好意思，我這人只要一天不開玩笑就會睡不著覺，真的不是有意冒犯。如果妳是為了選舉的事情煩惱，要不要跟我商量看看？別看我這樣，其實我對選舉頗有研究，大家都叫我『民主』博士，應該可以給妳不錯的建議喔。」

聽到店長這麼說，大家都用懷疑的目光看了過去，就只有香瑩眼中閃過一絲期待。

「等等，香瑩，我覺得跟這個人比起來，白同學的話可靠多了。」

「阿仁，你別阻止我。雖然這個人很不正經，但上次全國選舉的結果確實被他說中了。我覺得至少可以聽看看他的說法。」

「妳這麼說也是有道理啦……」

得意地挺起胸膛後，店長趕緊拉了張椅子過來坐下，一副很想跟我們聊天的樣子。

店裡沒有其他客人，他可能也正好閒得發慌吧。

大致聽香瑩說完現在的情況後，店長點了點頭。

「原來如此……我也覺得這種情況不能放著不管，我勸妳還是把頭髮剪了吧。」

「你果然也這麼認為嗎？」

「是啊，妳千萬不能相信那位白同學說的話。她勸你們不要做出改變，說不定是想要陷害你們。」

店長這番話讓我聽得很不舒服。

「等等，你又不認識她，怎麼可以這樣說她壞話？再說，她跟香瑩與小武無冤無仇，到底有什麼理由要陷害他們？」

「為了保護自己啊。只要別人得到高票，自己就會變得安全，這不是理所當然的事情嗎？」

「……白同學不是那種人。」

「你認識她多久？你們兩個很熟嗎？」

「嗚……！」

我無法反駁店長的話，只能握緊桌子底下的拳頭。

香瑩看了我一眼後，對著店長低下了頭。

「店長，謝謝你的建議。我會考慮看看的。」

「不客氣。妳這麼漂亮，就算剪成短髮也會很好看的。」

店長微微一笑，然後就起身離開，去接待剛進門的其他客人。

仔細一看，對方好像是我們學校的學生。

這讓我們幾個也不方便繼續聊下去，喝完咖啡就結帳離開了。

離開咖啡廳後，香瑩就說她要去剪頭髮，還指名要我跟小春陪她去。

小春我還可以理解，但我實在不明白她為何要我擔任護花使者。

我原本也想跟阿凱他們一起去看球賽，結果現在只能放棄。

更過分的是，來到美容院之後，香瑩就說不想讓人看到她剪頭髮的樣子，把我跟小春趕走了。

✤

我們兩人只能漫無目的地在街上閒逛，最後來到一座偏僻的小公園。

公園裡有一群孩童在玩耍。看到他們天真無邪的樣子，讓小春有感而發。

「我突然想起以前了呢。」

「是啊，真懷念還在『親愛之家』的那段日子。不知道其他人過得怎麼樣了。」

小春低下頭來，眼神中閃過一絲悲傷。

「……院長過世之後，大家就各奔東西了。幸好還能跟你們讀同一間學校，不然我真的不知道該怎麼辦。」

「我也這麼覺得，而且我們六個還剛好同班，這大概是上了高中後唯一的好事吧。」

「其實我知道原因喔。聽說我們這種從育幼院出來的學生，都會被學校特地排在同一個班級。」

「有這種事？這又是為什麼？」

「因為……李老師上次不是也說過嗎？很多人討厭我們這些在育幼院長大的孩子，如果學校不這麼做，我們很容易就會死於選舉。」

「政府也允許這種事嗎？」

「聽說這本來就是政府的規定，好像是為了保持選舉的公平性吧。至少佳歆是這麼說的。」

聽到小春這麼說，我突然覺得怪怪的。

「等等，妳怎麼會跟她聊起這個話題？妳該不會……」

小春低頭玩著手指，眼神也到處亂飄，不敢正面看我。

我從小跟她一起長大，光是看到她這種反應，就大概知道是怎麼回事了。

「天啊，我一直努力隱瞞我們的身分，結果妳竟然說出去了。要是讓阿凱知道這件事，他一定會瘋掉。」

「我真的不是故意的……我們兩個住在一起，每晚睡前都會聊天，她又是個親切的好人，跟她聊天很開心，我才會不小心說溜嘴……」

我嘆了口氣。

「算了，反正妳都說出去了，那也只能這樣。不過，這件事還是暫時別讓其他人知道吧。我會幫妳保密的。」

「阿仁，謝謝你！我就知道你最好了！」

小春露出燦爛的笑容，但我還是笑不出來。

因為我想起店長剛才說過的那些話。

知人知面不知心。我們確實不夠瞭解白佳歆這個人。

如果她真的不懷好意，小春說出這個祕密很可能害死我們。

不過，我不知為何就是有種想要相信她的衝動。

「對了，那她知道這件事之後有何反應？」

「其實她當時沒什麼反應，一副本來就知道這件事的樣子。說不定她早就猜到了呢。」

「有可能。只要跟她多聊幾次就會發現，她是個很聰明的女生，不但觀察力敏銳，想法也很有邏輯……」

我話才說到一半，就發現小春不知為何默默盯著我。

「……妳怎麼用那種眼神看我？」

「……阿仁，你很在意她嗎？不然怎麼對她那麼瞭解？」

「妳在說什麼傻話啊？我去參加社團活動都會遇到她，她又坐在我隔壁，很難不注意到她吧？」

「是嗎？可是，我就站在你旁邊，你也沒有注意到我身上的變化啊。」

「妳身上的變化？」

聽到小春嘟著嘴巴這麼說，我開始上下打量著她。

她身材嬌小，每次都只能用同樣的角度仰望著我，臉上看起來沒什麼不對勁的地方。雖然穿著便服，但她的每一套衣服我都看過，今天這套白色連身裙是去年夏天買的東西，也不是什麼特別的新衣服。髮型也是一如往常的學生頭，就只有臉頰不知為何微微泛紅。

「……不就是平常的妳嗎？」

「……你果然沒發現。」

小春眼角含著淚水，露出心有不甘的表情。因為她稍微低下了頭，讓我突然看到她左耳旁邊的水藍色髮夾。

「啊！是髮夾！妳今天換了髮夾！」

「……太慢了。」

小春不滿地這麼說，但嘴角還是忍不住上揚。

「不過，如果你願意答應我一個要求，我倒是可以原諒你。」

「……什麼要求？」

我有種不好的預感，但小春難得這樣生氣，讓我覺得很過意不去，決定盡量彌補她。

「……我想回去看看。」

「回去？妳是說親愛之家嗎？」

小春點了點頭，神情有些憂鬱。

「只要想起選舉的事情，還有香瑩害怕的樣子，我就會想到以前在那裡度過的時光。」

「……我也是。不過，就算我們可以回去，院長也已經不在那裡了。」

我想起那位慈祥和藹的老太太，心裡就有種莫名的感傷。小春似乎也想起院長，但臉上的表情跟我不太一樣，那是困惑的表情。

「阿仁，你還相信院長的教誨嗎？」

「妳這麼問是什麼意思？難道說……妳不想聽院長的話，打算投票給別人嗎？」

我實在不敢相信小春會這麼說。因為她是個連蟲子都不敢殺的溫柔女孩，我還以為她是想法跟院長最接近的人。

「因為……要是我們之中的某人遇到危險，我們真的還要繼續聽從院長的教誨嗎？香瑩面對這種情況，如果還要她投廢票，難道不會害死她嗎？」

「這……我不是不明白妳的意思，可是……」

「我不要那樣……」

小春低下頭，眼角含著淚水。

「我不要你們死掉，更不要你死掉。我只有你們這些家人了。只要可以保護你們，就算要我……」

我直接抱住小春，不讓她把話說完。

「……妳放心，我們不會有事的。我一定會保護大家，妳什麼都不需要做。」

「阿仁……我……」

小春抬頭看著我，整張臉都紅透了。我突然發現自己的舉動不是很妥當，立刻把她放開。

現場氣氛變得有些尷尬，我只好搔著臉頰，硬是拉回原本的話題。

「那……那我們下次就回去一趟吧。反正我很閒，什麼時候都可以。我會負責聯絡其他三個臭男生，香瑩就交給妳去約了。」

「唔……！」

聽到我這麼說，小春不知為何鼓起臉頰。

就在這時，她的手機也發出聲響。

那是收到訊息的通知聲。

小春不情願地打開手機一看，忍不住叫了出來。

「啊，香瑩說她頭髮剪好了，還叫我們自己回去，不用去接她。」

「什麼？如果不需要我們去接她，那她幹嘛叫我們陪她過去？」

「她說阿文已經去接她，所以不需要我們了。」

「阿文？所以他們三個沒去看球賽嗎？」

「這個我也不清楚，不過好像只有阿文去接她喔。」

「……這到底是怎麼回事？阿文不會是又跟小武吵架了吧？」

我只覺得一頭霧水，但小春看起來好像很開心的樣子。

這讓我決定暫時忘記眼前的煩惱，多陪陪這位沒有血緣關係的妹妹。

✤

不知為何，自從脖子戴上項圈以後，我就覺得日子過得特別慢。

不過，該來的還是會來，後天就是班級選舉的日子了。

現在是週五的最後一節課，教室裡原本應該籠罩著輕鬆愉快的氛圍，但事實並非如此。

即便大家都閉口不語，我還是感覺得到那種緊張。

大家都在偷偷觀察別人，一副疑神疑鬼的樣子。

不知道是不是我的錯覺，總覺得大家看向香瑩的次數特別多。

自從她也剪了個學生頭，就一直都是這樣。

在放學鐘聲響起的同時，她面色鐵青地衝出教室。

小春與其他人也不動聲色地追了上去。

我拿起書包，準備跟去看看情況。不過，一道聲音叫住了我。

「社長，今天有社團活動，我們一起過去吧。」

是白佳歆。這是她頭一次在班上跟我說話，我知道她有重要的事情要說。

「……那就走吧。」

我沒說太多就點頭答應，帶著她走出教室。離開的時候，我能感覺到眾人的目光刺在背上，稍微體會到了香瑩的心情。

來到社辦之後，白佳歆重重地嘆了口氣。

「班上的氣氛好像不是很妙。大家都感覺到了，那種有人可能會當選的氛圍，而那個人就是……」

「……抱歉，我勸過她了，但她就是不肯接納妳的建議。」

「沒關係，那才是正常人的反應。因為恐懼會讓人失去理智。」

白佳歆皺起眉頭，似乎想起了不愉快的回憶。

她看起來是真的為此擔憂，但我又想起店長說過的話，忍不住想要問個明白。

「那個……妳為什麼要替她擔心？妳們兩個又不是朋友……」

我說得很含糊，但她似乎聽得懂我的意思。不過，她沒有生氣。

「因為我經歷過一次，知道什麼樣的情況比較危險。」

她隨便拉了張椅子坐下，我也跟著坐了下來。

「我知道她不願意相信我的原因。她一定是認為我想要陷害她，讓她得到高票，藉此確保自己的安全。不過，只有不曾經歷過選舉的人才會那麼認為。實際經歷過一次就會知道，那樣只會造成反效果。」

「什麼意思？」

「我之前不是跟你說過，剛開始接觸選舉的人還有罪惡感，不會投票給身邊的人嗎？不過，某種情感會壓過罪惡感，讓這些人開始投票給別人。而那種情感，就是恐懼。」

「恐懼……」

「沒錯，我去年的時候也是這樣，大家原本還能相安無事，但只要有人的票數開始變高，大家就會感受到死亡的威脅，為了自保而開始投票給別人，而且還會很自然地集中投票給最可能當選的人。」

「也就是說，不要刻意陷害別人，讓大家都能安然過關，才是最安全的做法嗎？」

「對，雖然很不可思議，但事實就是如此。只要看看選舉委員會的報告，就能印證我說的這些話。」

說完，她拿出自己的公民手機，讓我看看她口中的資料。

她沒有騙我。根據那些資料，班級選舉的當選者都集中在特定的班級，只要班上曾經出現過一位當選者，繼續出現當選者的機率就會大幅提升。反倒是那些在上學期沒人當選的班級，之後就幾乎不會有人當選。

「怎麼會這樣……」

我很自然地低下頭，還伸手抱住自己的腦袋。

白佳歆用同情的眼神看了過來，我知道自己現在的表情一定很難看。

「不過，你也不用太擔心。現在還不到最糟糕的情況，大家還沒有感覺到威脅，也還沒有失去理智。我不認為趙同學會當選，只是票數可能會比其他人高一些。」

「妳怎麼會知道？」

「……因為經驗。那種人與人之間毫無信任可言，每個人都恐懼到了極點的感覺，只要體驗過一次就再也忘不掉了。」

她望向遠方，各種情感在她眼中一閃而逝。

我突然有種想要安慰她的衝動，卻不知道該說什麼。

就在這時，我的手機發出聲響。

我還來不及確認，白佳歆就開口說話了。

「快去吧。他們現在應該很需要你。」

她露出寂寞的微笑，還有看透一切的眼神。

總覺得她已經猜到阿凱等人要找我談些什麼了。

不過，我沒有向她印證這件事，而是默默地轉頭離開。

因為我心裡大概也有個底了。

✤

「各位，我們投票吧。如果想要保護香瑩，這就是唯一的辦法了。」

我才剛來到空無一人的閒置教室，就聽到阿凱這麼宣布。

其他人早就到齊，我是最後一個出現的人。

大家都默默看著我，因為他們知道我會有何反應。

我看向他們每一個人。那種堅決的眼神證明了一件事。

當我在社辦裡跟白佳歆討論的時候，他們這邊也做出了結論。

「……你們打算把票投給誰？」

我沒有太大的反應，冷冷地這麼問。

阿凱有些驚訝地看向我，愣了一下才回答我的問題。

「……羅雅琪。」

「原因呢？」

「因為她經常糾正別人對民主的看法，我相信班上一定還有別人不喜歡她。如果她得個幾票，也不會顯得不自然。」

「我不是問這個。我想知道為什麼你覺得投票給她就能保護香瑩。」

「因為……我認為香瑩還不至於會在這次的班級選舉當選，但如果只有她得了很多票，就會讓大家覺得她很可能當選。這樣那些害怕自己當選的人，就有可能在下次選舉時投票給她。就算香瑩最後當選死掉了，他們也能告訴自己，香瑩本來就不適合這個社會，讓心中的罪惡感降到最低，所以……」

「所以你才要我們都集中投票給羅同學，營造出她也可能當選的假象，藉此保護香瑩是嗎？」

「沒錯。」

「那……要是羅同學最後真的當選，你們又要怎麼辦？」

聽到我這麼說，所有人都低下了頭。香瑩甚至流下眼淚。

眼見大家都保持沉默，我決定說出自己的想法。

「香瑩，先說好，我很重視妳，妳是我最重要的家人。這是我的真心話。」

「阿仁……」

香瑩抬頭看向我，臉上帶著微笑，但眼神有些悲傷。

她一定是知道我要說什麼了吧。

「不過，羅同學也有深愛她的家人，只要想到這樣，我就沒辦法把票投給她。」

「……可是，那女人也會投票給別人，而且毫無罪惡感。我不覺得你需要對那種人心軟。」

阿凱的話語中帶著怒氣，阿文也跟著點頭。

「是啊，既然她覺得當選也是為國家做出貢獻，那我們成全她也不是壞事吧。」

「……你們只是拿別人的過錯，當成自己犯錯的藉口，我不認同這樣的行為。投票就是殺人。就算是要保護香瑩，應該也還有更好的做法，不一定要投票給別人。」

「……阿仁，我也希望你能明白一件事。」

阿凱的語氣十分嚴肅，讓我轉頭注視著他。

「我提出這樣的做法，也是不得已的選擇。如果你要否定我的做法，不是應該先提出另外的解決之道嗎？」

「……你說得很對。不過，在我們討論這個問題之前，你不覺得我們的前提就有問題了嗎？」

「什麼問題？」

「你們太心急了。我們只是覺得班上的氣氛不太對勁，根本沒證據顯示大家會投票給香瑩吧？只因為這樣就開始緊張，決定投票給某人，難道不是很奇怪嗎？」

「……阿仁，你這樣說就不對了。你明明自己也有感覺不是嗎？」

小武終於開口了。他平常說話總是豪爽又直接，現在的語氣卻平靜得不可思議。

「我這個人常常打架，對這種事最有經驗了。人類也是動物，既然是動物，就有察覺誰是弱者的本能。自從香瑩把頭髮剪短之後，我就有那種感覺了。班上同學都把她當成夾著尾巴的喪家之犬。如果要大家投票給自己之外的人，她絕對是最有可能的人選。」

「……等等，既然你早就知道會這樣，當初怎麼不幫我說話？」

我還記得香瑩被店長洗腦，決定無視白佳歆的建議，把頭髮剪掉的時候，小武一句話也沒說。如果他當時這麼說，說不定香瑩就不會幹傻事了。

「抱歉，我這個人腦袋轉得不夠快，當時根本沒想到這麼遠。」

小武露出尷尬的苦笑，但很快就重新板起臉孔。

「不過，我還是認為阿凱的擔憂不無道理。阿仁，如果你不能提出更好的辦法，就沒資格指責他。」

「……我確實提不出更好的做法。」

「但你依然反對我的做法是吧？」

聽到阿凱這麼說，我沉默以對，就只是默默看著他。

我們兩人的目光在空中對撞，迸出無形的火花。

小春輪流看向我們兩個，表現出驚慌失措的模樣。小武與阿文也都陷入沉思。

這種情況維持了很久，直到香瑩終於開口說話。

「……夠了。你們兩個不用爭了。」

眾人的目光集中在她身上，而她也同樣看著我們大家。

「我還不一定會當選，但我知道要是繼續讓你們吵下去，我們肯定會變得四分五裂。所以，你們想怎麼做就怎麼做吧。誰也不要干涉誰。無論結果如何，我都不會怨恨你們。」

雖然這些話說得很豁達，但她的身體依然微微顫抖。看到她這個樣子，我和阿凱都無法再說什麼，只能尷尬地看著對方。

最後，香瑩在小春的陪伴下先行離開，為這場緊急會議劃下句點。

✤

兩天後，第一次班級選舉的日子終於到了。

雖然還有兩天才到月底，但選舉照慣例都是在週日舉行，讓我們可以不用在這種尷尬的日子遇到同班同學。這大概是唯一的好事吧。

我甚至沒見到室友陳少華。

他昨天就請假回老家了。

原因不用說也知道。

學校宿舍裡只剩下小貓兩三隻，安靜得像是正在舉辦葬禮，讓人連一秒都不想留在這裡。

隨便吃過早餐後，我照著過去的習慣走出校門，卻不曉得該去哪裡，只好在街上到處亂逛。

我沒有跟其他人一起行動。不過，小春還是傳了訊息過來，讓我知道他們都陪香瑩出去散心了。

這讓我有種罪惡感，還有難以言喻的寂寞。

我突然不知道自己還能去哪裡，回過神時已經走到咖啡廳外面。

「等等……我到底在想什麼？誰要在這種日子見到那傢伙啊？」

正當我準備轉身走掉時，我看到熟悉的身影從咖啡廳裡衝了出來。

「白佳歆……？」

她穿著一套樸素的水藍色洋裝，也不管自己穿著長裙，直接在街上快步奔跑。

我想也沒想就追了上去。店長的呼喊聲從背後傳來，但我沒有理會。

白佳歆跑得很快，要不是她在路口停下腳步，我還真的追不上她。

「明仁？」

「嗨，妳跑得還真快。真是看不出來。」

她終於發現我的存在，回頭看了過來，眼神中滿是疑惑。

我明明也有很多問題想問她，卻只能忙著大口喘氣。

「你怎麼會在這裡？找我有事嗎？」

「其實也沒什麼事。只是碰巧看到妳從那間店裡衝出來，我怕妳遇到危險，才會趕緊跟上來，想說要是有個萬一的話可以保護妳。不過妳跑得這麼快，看來是我多管閒事了。」

我露出苦笑，她則是一臉問號。

「遇到危險？保護我？」

「是啊。那間咖啡廳的老闆有點奇怪，我一直覺得他是個危險人物，看到妳一個人從他的店裡衝出來，我才會以為妳遇到了危險……難道不是這樣嗎？」

因為白佳歆的表情變得越來越奇怪，最後還摀著嘴巴努力憋笑，讓我也越說越沒信心。

「……不，事情就是這樣。那傢伙就是個危險人物。我也是覺得那個人很糟糕，才會趕緊逃出那間咖啡廳。你是對的。」

她邊說邊笑，讓我很懷疑這些話的真實性。

不過，她看起來好像很開心。

我第一次看她笑得這麼燦爛，忍不住看傻了眼，心臟也跟著亂跳。

「……妳現在有空嗎？要不要跟我一起去逛逛？」

這句話從我嘴裡脫口而出，白佳歆完全愣住了。

我不知道自己怎麼會說出這句話，只知道這句話代表的意義，以及這個舉動有多麼大膽。

白佳歆的耳朵越來越紅，我趕緊出言解釋。

「別誤會！我沒有其他意思！我們是同班同學，又是同一個社團的朋友！這只是很健全的交流！」

我越說越慌張，腦袋裡亂成一團。白佳歆默默盯著我，神情變得越來越嚴肅，讓我以為自己沒戲唱了，內心完全被羞恥與懊悔佔據。

就在我準備轉身逃跑時，她終於開口了。

「……可以喔。」

雖然聲音很小，但我確實聽到她說出了這句話。

「不過，要是那個危險人物又跑來煩我，你要負責把他趕走。」

「沒問題！」

我二話不說就答應了這個條件，興奮地握緊拳頭。白佳歆沒有繼續說話，只顧著用手指玩弄自己的頭髮，一副不知所措的樣子。我知道自己必須負責帶領她，於是便主動開口提議。

「那我們先去車站附近逛逛，看看要吃什麼午餐吧。我請客。」

「等等……」

白佳歆出聲制止了我，但她很快就搖了搖頭。

「不，沒什麼。就照你的意思去做吧。」

聽到她這麼說，我再也沒有顧慮，就這樣帶著她走向車站。

我很清楚這只是逃避，也明白她的許諾只是出於溫柔，但自己與摯友的生命可能馬上就要結束，就算忍不住暫時逃進虛假的幸福，應該也不是什麼罪過吧。

後來，我們先去車站附近的國營連鎖餐廳吃了午餐。

我原本想要請她到比較昂貴的民營餐廳吃飯，但她似乎知道我的財力有限，堅持要在國營餐廳吃飯，我也只能接受她的好意。

吃完午餐之後，我們又去逛了書店。我發現她很喜歡文學與哲學，在思想的世界中找尋自由。因為她的推薦，我也跟著買了一本科幻小說。那本書中描述了一個沒有「民主」的世界，讓人不由得對作者天馬行空的想像力感到佩服。

我們在書店裡逛了好幾個小時，然後才來到河畔公園散步聊天。我們幾乎無所不聊，但絕口不提「民主」與今天的選舉。這讓我發現我們兩人很有默契。

太陽就快要下山了，天空也逐漸轉為橘紅色。

就在這時，白佳歆冷不防地說出這句話。

「你是不是很習慣跟女生約會？」

「為什麼妳會這麼想？」

「因為我發現你好像完全不會緊張，也很清楚該怎麼跟女生聊天。」

因為她的眼神很認真，讓我想了一下才回答。

「……其實我也不知道。不過我確實經常跟女生一起出門。」

雖然對方通常都是小春與香瑩，但特地解釋也很奇怪，所以我就實話實說了。白佳歆立刻接著這麼說道。

「……我勸你以後還是儘量少做這種事比較好。」

聽到她這麼說，我覺得有點開心。

「為什麼？妳不希望我跟其他女生約會嗎？」

「我不是那個意思！」

白佳歆的耳朵迅速紅了起來，但她突然驚呼一聲，一把拉住我的右手。

「跟我過來！動作快！」

雖然覺得一頭霧水，我還是跟著她快步離開，在公園角落的電話亭後面躲了起來。身體完全進到陰影底下後，我跟著白佳歆的目光看了過去，發現我們班上的羅同學不知為何站在公園裡東張西望。

「差點就被她發現了……」

白佳歆輕撫胸口。我總算明白她為何要躲起來了。

「妳不想讓羅同學看到我們在一起嗎？」

「是啊。」

「為什麼？」

白佳歆沒有馬上回答這個問題，猶豫了一下才說出那個禁忌的字眼。

「……因為『民主』。要是讓熟人看到我們出來約會，很可能會害死我們。你要知道，在這個不允許比別人過得更好的世界，沒有比別人的幸福更刺眼的事物。」

這句話打醒了我，重新把我拉回現實，逼我想起今天是什麼樣的日子。

羅同學很快就離開公園，但我們也沒有心情繼續約會，很有默契地選擇踏上歸途。回到學校之後，她也沒有離開我，而是陪我來到社辦，一起等待那個時刻的到來。

「……收假時間就要到了呢。」

她眺望著窗外的光景，小聲說道。

我也看向窗外。許多收假回來的學生正準備跨越校門，每個人看起來都像是行屍走肉。就算可以暫時逃離選舉，大家最後還是得回來面對開票的結果。

不過，早就回到文藝社社辦的我們，卻像是局外人般看著這幅光景。

「是啊，投票時間也要結束了。」

我這麼說道，同時低頭看向桌上的手機。

結果我還是沒有打開選票，沒有投票給羅同學，沒有為了拯救香瑩捨棄自己的信念。

也許是看穿我的心思，白佳歆默默握住我放在桌上的手。

「……相信我，她不會當選的。」

「……嗯。我相信妳。」

語音剛落，我們兩人的手機就同時發出聲響。

是開票通知。

「嗚……這也未免太快了吧！上次明明是九點之後才開票啊！」

我叫了出來。白佳歆平靜地搖了搖頭。

「因為這不是全國選舉，電腦只需要一瞬間就能完成計票。」

說完，白佳歆拿起手機，但我沒有那種勇氣。

她在手機上滑了幾下，我的心臟也越跳越快。

她突然睜大眼睛，然後露出複雜的表情。

「結……結果如何？」

「不是最壞的結果，但也不是最好的結果。」

她沒有直接告訴我答案。我忍不住搶過她的手機一看。

「七票……」

這就是我們班上的最高票數。而得票者的名字果然就是趙香瑩。

雖然她沒有當選，但這個票數還是很高。

得票第二高的人是羅雅琪，她得到了四票。

我還來不及為此感到驚訝，就看到白佳歆也得了三票。

「啊……抱歉！」

我終於想起這是她的手機，趕緊為自己的失禮向她道歉，同時把手機放回桌上。

「沒關係，我能體會你的心情。我沒把話說清楚也有不對。」

她拿起自己的手機，重新看向那封郵件。即便得知自己得了三票，她也完全沒有緊張的樣子。

而且我剛才還看到了她的郵件列表，發現她跟我一樣，完全沒打開選票，可見她也投了廢票。

這讓我對她這個人更感興趣了。

我很清楚自己不願意投票的理由，卻不明白別人怎麼會願意這麼做。

她臉上的繃帶又是怎麼回事？她去年到底經歷了什麼？

我心裡充滿疑惑，默默地盯著她看。

「……我覺得你這樣一直盯著別人比較失禮。」

白佳歆別過頭去，耳根子都紅透了。

「抱……抱歉！」

我趕緊拿起自己的手機，心不在焉地重新確認開票結果。

我得了一票，但這並不重要。

我只在意其他人得到的票數，忙著思考其中代表的意義。

我還想要傳訊息給香瑩，但不確定該不該恭喜她。

正當我為此煩惱時，我聽到校園中傳來幾聲尖叫。

「怎麼回事……？」

我站了起來，準備走到窗邊查看，但白佳歆拉住了我，神情嚴肅地搖了搖頭。

「……別去。我勸你還是別看比較好。」

雖然她這麼阻止我，但命運似乎註定要讓我看到那樣的景象。

社辦大門突然發出巨響，然後就應聲撞了開來。

一名男學生跟著壞掉的房門滾了進來。他雙眼無神，口吐白沫，身體還在不斷抽搐。完成任務的項圈自動解開，掉在他身旁的地板上。

看到從項圈內部伸出的銀針，深藏在腦海中的記憶也重新浮現，我總算明白這是怎麼回事。

「這就是……當選者的下場……」

白佳歆沒有說話。

寂靜籠罩著這間社辦，讓我徹底體會到「民主」的沉重。

第二章　裂痕

「大家早，今天又是個令人神清氣爽的早晨呢。」

班導李老師走進教室，神采奕奕地這麼說道。

現在是星期一早上的班會時間。他應該是想要以身作則，讓大家盡快擺脫星期一症候群吧。

不過，想也知道根本不會有效。

「哎呀，大家的臉色都很難看，不會是昨天玩太瘋了吧？」

全班同學沉默以對，讓故意開玩笑的李老師有些尷尬，無奈地搔了搔臉頰。

「你們這樣不行喔。不過就是一次選舉，要是這樣就一副要死不活的樣子，以後又要怎麼辦？振作點，我們班上沒人當選，什麼事都沒發生，這只是件無關緊要的小事，讓我們照常過日子吧。」

班上還是沒人答話，就連羅同學的臉色都有些難看。

看來得到四票似乎嚇到她了。

不過，臉色最難看的人還是香瑩。她從剛才就一直不敢跟任何人對上視線，還在桌子底下緊握著拳頭，努力讓自己不要發抖，看了就讓人心疼。

看到大家的反應，老師嘆了口氣。

「唉，我怎麼會教出這麼膽小的學生呢？你們都應該向葉同學看齊才對。」

突然被老師點到名，讓我頓時成為眾人目光的焦點。

「他昨天還協助選舉委員會的人處理當選者的屍體，不過現在卻是全班最能保持平常心的人，難道你們都不覺得羞恥嗎？」

大家的表情都很驚訝，就連阿凱他們也是一樣，因為我沒有告訴他們這件事。唯一知情的人，就只有當時也在現場的白佳歆。

「葉同學，可以跟大家分享你的經驗嗎？我聽說那位男同學就死在你面前，但你毫無畏懼，冷靜地打電話聯絡選舉委員會，獨自在現場守著屍體等他們到來。我想知道是什麼原因讓你鼓起了勇氣。」

聽到老師這麼問，我下意識地握緊拳頭，然後才起身回答。

「……是身為國民的義務。我當時只想著要為偉大的『民主』做出貢獻，盡快讓為了國家人民犧牲的勇士入土為安。」

莫名的情感讓我面露冷笑。不光是全班同學，連李老師都愣住了。不過，他很快就回過神來，定睛注視著我，眼神也一反常態地認真。

也許他看出我在說謊了吧。

沒錯，我剛才那些話都是胡扯。

我早就處理過同樣的事情了。

這才是真正的原因。

在那件事發生之後，我立刻就讓白佳歆離開，獨自留在社辦善後。

她現在也一臉愧疚地看著我。

不過，在這件事情上，我才是前輩。由我來處理也很合理。

「……原來如此，那還真是辛苦你了。」

李老師的反應異常平靜，少了平時那種浮誇虛假的感覺。

但那也只維持了一瞬間，他很快就重新戴上名為笑容的面具，還故意大聲鼓掌。

「各位，讓我們一起向葉同學看齊，努力回到原本的生活吧。如果大家都有他這樣的精神，我相信你們一定不會當選的。」

班上同學直到這時才有了反應，讓教室裡響起稀稀落落的掌聲，宣告這場班會的結束。

✤

當天放學的時候，我準備動身前往文藝社社辦，卻突然收到一封簡訊。

打開手機一看，原來是小春傳訊息給我。

她約我到操場後面的園藝倉庫見面。

我早就猜到她會約我出來，而且現場不會只有她一個人。

因為阿凱他們離開教室的時候，全都往我這邊看了一眼，眼神中充滿複雜的情感。

這讓我實在不知道該用什麼表情去見他們。

我沒有馬上動身，重新拿出書包裡的小說，打算跟他們稍微錯開時間。

就在這時，一位意想不到的人來到我面前。

「葉同學，可以打擾一下嗎？」

她就是羅同學。我心裡只有不好的預感，但願我沒有把厭煩表現在臉上。

「……可以。請問妳找我有什麼事？」

「那個……」

她一副扭扭捏捏的樣子，跟平時給人的印象完全不同。

總覺得她好像還有些臉紅，但願這只是我的錯覺。

「可……可以給我你的聯絡方式嗎？」

「咦？」

這個出人意料的要求，讓我有些不知所措。

「可以是可以……不過我想先知道原因。」

「因為……我一直以為自己是班上最懂『民主』的人，直到今天為止……」

羅同學越說越小聲。我大概知道她想說什麼了。

「不過，我後來發現你對『民主』的理解與信仰，都遠遠在我之上。為了成為一位更出色的國民，我想跟你做個朋友。」

「呃……嗯，沒問題。」

我沒想過事情會變成這樣，但約好的時間快到了，我不想讓小春他們等太久，只好答應這個要求。

我們順利交換完信箱與電話號碼之後，羅同學就開心地離開了。

看到她那副模樣，我突然有種罪惡感。

而且還留在教室裡的同學都看著我，讓我覺得很不自在，只想趕快逃離教室。

在離開之前，我偷偷看向還坐在自己位子上看書的白佳歆，發現她也在看我。不過，注意到我的視線之後，她很快就別過頭去了。

雖然她的反應讓我有些在意，但我不想引起更多注意，只好就這樣離開教室。

✤

我來到園藝倉庫門口。

聽說這裡以前是由工友管理，但那位工友前陣子突然死於選舉之後，就暫時由我們的班導李老師接手了。

知道這件事之後，小春就跑去找老師，說她願意擔任義工幫忙管理倉庫，拿到了這裡的鑰匙。

當然，這一切都是阿凱的主意。

這樣如果我們以後要祕密商量什麼事情，才有個方便安全的地方，也不需要每次都特地找空教室了。

我確認四下無人，稍微深呼吸了幾次後，才開門走進倉庫。

熟悉的面孔聚集在裡面，每個人都低頭不語。

看到我出現，大家才抬起了頭，表情異常沉重。

「……阿仁，你遇到那種事，怎麼不跟我們說一聲？」

阿凱率先開口，語氣中充滿不捨。

「……我知道大家都在為香瑩擔心，不想再給你們添麻煩。再說，那其實也不是什麼大不了的事情，我一點感覺都沒有。反正事情都過去那麼久了。」

就算我這麼說，大家還是用悲傷的眼神看著我。我只好試著轉移話題。

「對了，你們剛才離開之後，羅同學竟然跑來找我，說她很佩服我對『民主』的理解與信仰，還跟我要了聯絡方式。看來我好像被她當成同類，真是笑死人了。」

我故意笑了出來，但沒人跟著我笑，反而顯得更難過了。

香瑩緊握著自己的胸口，皺起了眉頭，露出泫然欲泣的表情。

「……說到羅同學，我好像一直誤會她了。昨天晚上回到宿舍之後，她竟然還跑來安慰我，說什麼自己的票數也很高，要跟我一起努力當個更好的國民。哈，明明我就是那個投票給她的人……」

香瑩的聲音越來越小，其他四個人的頭也更低了。

「……院長說得沒錯。投票給別人，真的是一件很可怕的事情。」

阿凱低頭看向自己的雙手。

「其實我在投票之後一直很後悔，也很害怕。我怕香瑩當選，但我更怕羅同學當選。所以，就算我們之中有人沒投給羅同學，我也可以接受。」

聽到阿凱這麼說，我才發現不對勁的地方。

阿凱他們有五個人，而羅同學得了四票。

就算我沒有投票，也還是少了一票。

也就是說，雖然阿凱他們當初決定投票給羅同學，但有一個人沒那麼做。

「……阿凱，這該不會就是你找我過來的原因吧？」

「是啊。我想跟你確認一下，你最後還是選擇投廢票對吧？」

「嗯，我沒有投票。」

我點了點頭。阿凱低頭想了一下，還不時斜眼看向其他四個人。

「……阿凱，算了吧。我們不是早就說好，都不要干涉別人的決定嗎？這樣懷疑別人又有什麼意義？」

「……我不想干涉你們的自由，但有人蓄意隱瞞，還是讓我覺得很不舒服。」

「說什麼蓄意隱瞞也太難聽了吧？也許那人只是不想跟你吵架啊。」

小武聳聳肩膀，阿文也點頭附和。

「是啊，就算我們都是家人，也還是有屬於自己的祕密。難道家人之間就應該毫無隱瞞嗎？只有控制狂才會那麼想吧？」

他們兩個的語氣都不太耐煩。看來在我過來之前，他們就鬧得不是很愉快了。

「……你們不要這樣啦，我不想看到你們吵架。」

小春向我投以求救的眼神。從小到大，只要她每次露出那種眼神，我就會出面幫她解圍，而這次也不例外。

「……阿凱，先別管那種問題了，當務之急應該是怎麼幫助香瑩才對。我有個想法，你要聽聽看嗎？」

聽到我這麼說，香瑩的眼睛亮了起來。

「阿仁，你是說真的嗎！」

「是啊。不過妳也必須付出代價，所以我本來不是很想說出這個辦法。」

「代價？你到底想做什麼？」

阿凱總算冷靜下來，跟其他人一樣專心看著我。

「其實很簡單。」

因為知道很可能遭到反對，我稍微停頓了一下，做好心理準備之後才說。

「只要讓她轉學就行了。」

放學後，我獨自來到教師辦公室，找尋李老師的身影，卻怎麼樣都找不到人。

後來，我從其他老師口中得知，李老師獨自跑到操場照顧花草了。

於是，我又立刻趕往操場。

因為讓香瑩親自跑來問轉學的事情不太妥當，我們才決定只讓一個人出面，向老師打聽這件事。

而我就是最合適的人選。

畢竟連羅同學都認為我是個熱愛「民主」的愛國者，不會讓老師懷疑我有想要逃離選舉的意圖。

來到操場之後，我很快就找到老師了。他正在修剪杜鵑花樹，臉上掛著一貫的微笑。我走了過去，舉手向他打招呼。

「老師好。」

「哎呀，葉同學，你怎麼會在這裡？還不回宿舍休息嗎？」

「我只是出來散步一下，很快就要回去了。」

老師點了點頭。我假裝好奇地這麼問。

「老師，你喜歡園藝嗎？」

「喜歡啊。怎麼？你也對園藝有興趣嗎？」

「其實還好。不過，我有個熟人很喜歡園藝，看到你整理花草的樣子，就讓我覺得有些懷念。」

「這樣啊……真巧，我也是因為熟人喜歡園藝，才會養成這個興趣，但我很討厭那個人就是了。」

說完，老師放下園藝剪刀，轉頭看了過來，表情像是看穿了一切。

「說吧，你找我到底有什麼事？我這人還算有自知之明，知道自己不是那種會讓學生主動打招呼的好老師。」

「……老師，我是想要請教你一個問題。」

「關於轉學的問題嗎？」

聽到老師這麼說，我驚訝得說不出話。老師笑了出來。

「先說好，我可沒有心電感應的能力喔。這種事只要多當個幾年的老師就猜得出來了。畢竟每年都會有新生跑來問這個問題。」

「那……你都是怎麼回答他們的？」

「別做夢了，那樣是無法逃離選舉的。」

老師拿出手帕擦汗，然後就在花壇旁邊坐了下來。

「當然，我不會講得這麼直接，但反正就是差不多的意思。」

「……是因為選舉委員會不允許嗎？」

「不，想要轉學是個人的自由，政府並不禁止這件事，只是要經過嚴格的資格審查，而且這個過程會花費好幾個月，因為在第一次選舉後就急忙辦理轉學的學生太多了。」

「……原來如此。」

「不過，如果有正當的理由，就有機會快速過件。」

「什麼理由？」

「通常都是家裡遇到重大變故，至少也要有家庭成員突然過世才行。反正絕對不划算就對了。總之，如果是原本就會死於選舉的那種人，根本不可能來得及在這段時間內轉學離開。」

「這樣啊……」

我覺得非常失望，不知道該怎麼告訴香瑩這件事。

因為她絕對無法滿足這個條件。

老師似乎覺得我還不夠失望，又繼續說了下去。

「更重要的是，如果想要逃離選舉，轉學絕對是下下策。不管是那些想要轉學離開的傢伙，還是莫名其妙從其他學校轉學過來的學生，都等於是在宣告自己是差點當選的問題人物，所以這樣只會有反效果。我自己就遇過好幾個轉學過來，結果下個月就當選死掉的學生。」

「……這樣太奇怪了吧？為什麼大家要投票給那些新來的轉學生？就算他們以前差點當選又如何？」

面對我的質疑，老師故意做出東張西望的樣子，還壓低了音量。

「葉同學，我身為一位老師，當然很想幫你解惑，但我同時也是一位循規蹈矩的好國民，有些話實在不方便說，希望你能體諒一下。我只能說，只要你更明白人類的心理，多經歷幾次選舉，就能想通其中的道理了。」

「……好吧，你不願意告訴我的話就算了。」

正當我想要離開的時候，這次換成老師發問了。

「對了，葉同學，你是不是很痛恨『民主』？」

「……你怎麼會這麼認為？」

「因為大人的直覺。我好歹也是你們人生的前輩。我還知道你來問我轉學的事情不是為了自己。」

「……你要向選舉委員會舉報我嗎？」

「哈哈，不可能啦。我為什麼要那麼做？」

老師忍不住捧腹大笑。

「聽好，我不是選舉委員會的人，就只是一個普通的老師。雖然選舉委員會的調查員確實會潛伏在各種地方，偽裝成平常人過日子，暗中找尋那些違背『民主』精神的傢伙，但我絕對不是那種人，就算要我發誓也行。」

「……那你為何要這麼問我？」

「那還用說，因為我是老師啊。開導你們這些學生，引領你們走在正確的道路上，才是我應該做的事情。」

老師攤開雙手，露出燦爛無比的笑容，也讓我下定決心。

「……老師，謝謝你的關心。不過，你完全猜錯了。我深愛著『民主』，也不打算問什麼轉學的問題，那些話都是你自己要說的。」

向老師低頭鞠躬後，我立刻轉身離開。

從身後傳來的視線讓我背脊發涼，不自覺地加快了腳步。

✤

知道轉學這條路也行不通，讓大家的心情都跌落谷底。

有人沒投票給羅同學的事情，也讓阿凱一直放在心上，變得神經兮兮。大家跟他在一起都覺得很不自在，相處的時間也自然少了許多。

白佳歆這幾天也不知為何對我愛理不理，讓羅同學變成這個星期跟我說過最多話的人。

她喜歡用手機傳些跟全國選舉有關的情報過來，還積極地想要跟我交換意見，讓我的心情變得更差。

為了轉換心情，我在週末獨自來到校外，想要喝杯咖啡。

「咦？阿仁，怎麼只有你？其他人呢？」
店長一看到我就黏了上來，可見他真的很閒。
「你叫我阿仁……我們兩個什麼時候這麼熟了？」
「你來過我們店裡那麼多次，我早就把你當成熟客了。」
「既然我算是熟客，那你是不是偶爾也該給點折扣？」
「好啊，咖啡買十送一，你要喝幾杯？」
「……小氣鬼。」
我隨便找了個位子坐下，幫自己點了杯咖啡。
店長很快就把咖啡送上來，厚著臉皮在我旁邊坐下。
「你們幾個最近都沒來，害我很擔心呢。」
「擔心什麼？店裡的營業額嗎？」
「不，我是擔心你們的安全。畢竟我知道你們上星期要參加選舉，擔心你們之中的某人可能當選了。」
「……你還敢說。要不是你建議香瑩把頭髮剪短，她也不會遇到那種事情。」
我告訴店長最近發生的事情，還有上次班級選舉的結果。
聽完我的抱怨，罪魁禍首雙手一攤。
「這個真的不能怪我。我是個大叔，想法跟你們年輕人不太一樣。我只能承認自己這次預測失準，但我真的沒有惡意。我願意給你們其他建議作為補償。」
「什麼建議？別跟我說是叫她轉學喔。」
「轉學？當然不是。那太蠢了。」
「……為什麼你覺得轉學很蠢？」
我想起李老師上次沒說清楚的事情，忍不住這麼問道。
「因為轉學很困難，就算成功了，也只會變成別人投票的目標。大家都喜歡把票投給轉學生。」
「原因呢？為什麼大家要把票投給一個無冤無仇的新同學？」
「在我回答這個問題之前，我想反過來問你。你覺得是什麼原因讓大家投票給身邊的人？」
「……因為恐懼。」
聽到我的回答，店長揚起嘴角。
「沒錯，你很聰明。什麼『民主』的精神都是狗屁，那是只有少數瘋子相信的東西。大家都是因為害怕自己當選，才會投票給自己身邊的人。那才是能讓人克服罪惡感的真正原因。」
我突然想起阿凱做出的決定。他就是為了保護香瑩，才會要我們大家投票給羅同學。
店長繼續說了下去。

「因為投廢票就是投給自己，所以大家都被逼著投票給別人，但每個人都害怕當選，習慣跟別人保持距離，根本就不瞭解任何人，也不知道應該把票投給誰。」

「你是說……大家都是在亂投票嗎？」

「沒錯。其實大多數的人投票時都沒經過大腦，只是憑著直覺在投票。只要把票投給看起來最可能當選的人，自己就安全了。事情就是這麼簡單。轉學生容易當選也是因為這樣。大家都知道他轉學的原因，也跟他不熟，投票給他的罪惡感最少，所以轉學只是死路一條。」

我一拳砸在桌上，發出巨大的聲響。

「這樣所謂的『民主』不是毫無意義嗎？」

「不，沒那回事。」

有別於情緒激動的我，店長平靜到不可思議的地步。

「『民主』還是有作用的。那是一種精神上的閹割，也是國家消除鬥爭的手段。這種制度讓每個人都不敢出風頭，不去爭奪名利與財富，讓人類努力壓抑那種天生的自私與鬥爭心，這可是非常偉大的發明呢。」

「……就為了得到那種效果，真的值得犧牲那麼多人命嗎？」

「當然值得。你知道以前的戰爭與內亂得死多少人嗎？相較之下，每年死於『民主』制度的人數根本不值一提。而且這種制度確實讓人類維持了兩千多年的和平，只要有這個最好的證據，就沒人可以推翻這種制度。」

雖然這些話讓我大受打擊，但我現在還有更重要的事情。

「……如果轉學毫無意義，那我現在該怎麼幫助香瑩？」

「自殘。現在只剩下這個方法了。」

「自殘？」

「是啊。只要受到必須住院醫治的重傷，就能立刻逃離選舉了。不過，那種幾天就會好的小傷可不行，一定要是那種需要住院好幾個月，讓人不得不暫時休學的重傷。」

聽到店長這麼說，我立刻想起臉上纏著繃帶的白佳歆，還有她得到的三票。

「等等，這樣跟轉學有何分別？不是一樣都很容易變成別人投票的目標嗎？」

「沒那種事。畢竟留級的學生會跟其他同學一起開學，只要身上沒留下明顯的傷痕，誰也不會知道那人曾經因傷留級。就算某人曾經受過重傷，也不見得就是為了逃離選舉做出的舉動，跟轉學生還是有差別。總之，這是比轉學還要聰明的做法，只是代價也很巨大。」

「……原來如此，我明白了。謝謝你的建議。我會把這當成最後的手段。」

「不客氣。不過，我看那女孩應該不可能接受這種做法。如果她不願意那麼做，就只能祈禱你們班上的其他同學突然變成聖人，不然就是出現更顯眼的目標了。」

我低頭沉思，店長拿來一塊抹布，把灑到桌上的咖啡擦乾淨。

那是我剛才敲打桌子留下的痕跡。

「還有，你以後說話最好小心一點。現在是剛好我店裡沒人，要是有人去向選舉委員會舉報，說你是激進的反『民主』人士，你可能就得去『民主』教育營上課了。那些教官可是很煩人的，會把你洗腦到發瘋為止。」

店長又對我眨了眨眼睛之後，就回到後場整理東西。

我原本還想問他白佳歆上次從這裡逃走的事情，但現在已經沒那種心情了。

✤

從咖啡廳出來後，我打算去書店逛逛，結果竟然遇到意想不到的人。

「那是……阿文與香瑩？」

我沒看到小春、阿凱與小武，就只有他們兩人並肩走在街上。

香瑩看起來悶悶不樂，但阿文很努力要討她歡心。

我站在天橋上，所以他們都沒發現我。

我原本還打算過去找他們說話，但看到阿文看著香瑩的關愛眼神，我好像突然懂了什麼。

「哈哈，原來是這樣啊……」

我很自然地揚起嘴角，就這樣轉身離去。

不過，手機正好在這時響起，讓我停下腳步。

那是手機收到訊息的通知聲。不知道是誰傳了訊息給我。

我拿起手機一看，發現對方是小春，但這不是重點，內容才是。

看到小春發給我的訊息之後，我立刻趕回學校。

當我來到學生餐廳時，架早就打完了。

阿凱倒在地上。雖然變得鼻青臉腫，但他的意識還很清楚。小春想要把他扶起來，卻無法獨自辦到這件事。

我沒有過去幫助小春，因為我還有更重要的任務。

「小武！別這樣！」

我趕緊擋在小武面前，免得他繼續動手打人。

雖然現場還有不少看熱鬧的傢伙，卻沒人願意幫忙勸架。

不過，就算他們有心幫忙，看到個頭遠遠高過普通人的小武，握緊拳頭殺氣騰騰的樣子，勇氣應該也會瞬間消失吧。

看到我出現，小武眼神中的怒火總算熄滅了。

「誰是小武？我跟你很熟嗎？走開！」

小武一把將我推開，頭也不回地走向餐廳大門。

餐廳裡的圍觀群眾自動讓路，我趕緊跟了上去。

走進男生宿舍之後，我總算在房間門口追上他了。

「小武！等等，把話說清楚！你為什麼要跟阿凱打架！」

小武沒有回答我的問題，而是轉頭看看周圍，確認四下無人之後，直接把我拉進房間。

「阿仁，這裡沒你的事，你別插手。」

他劈頭就這麼說，態度轉變之快，讓我覺得一頭霧水。

「……不行，先告訴我你在想什麼。至少也要讓我知道你們打架的原因。」

「……因為那傢伙最近讓人很不爽。這個理由不行嗎？」

「不行。我不相信你會為了那種小事打他。」

聽到我這麼說，他無奈地嘆了口氣。

「……反正你別管就對了。還有，先跟你說聲抱歉，因為我最近可能也會揍你一頓。」

說完，小武伸出手來，想要把我推出房間。我使出全力要反抗，但無奈力量輸他太多，還是被迫慢慢後退，只剩下嘴巴是自由的。

「可惡！別推我！把話說清楚！」

「……阿仁，其實我是支持你的。你就堅持走自己的路吧。我也要走自己的路了。」

在房門關上的前一刻，我確實聽到他這麼說了。

這讓我有種不好的預感。

✤

我的預感成真了。

「喂！肥豬，去幫我買瓶飲料，限你一分鐘之內回來！」

現在是午休時間，小武把雙腿擺在桌上，對著陳少華大聲怒吼。

「可……可是，我身上沒錢了……」

「沒錢？沒錢不會去借嗎？連這種事都要我教？」

「可是，那你怎麼不……咕嗚！」

陳少華還沒把話說完，小武就一腳踹中他的肚子，讓他痛苦地跪了下去。

「叫你去就去，囉嗦什麼？」

小武惡狠狠地這麼說，還順便瞪了全班同學一眼。

沒人敢做出行動，只有我走上前去，把陳少華扶了起來。

「走吧。我陪你去。」

「明仁……」

陳少華強忍著淚水，向我點了點頭。

在走出教室之前，我回頭看向小武。他一臉不爽地瞪著我，還出腳踢翻羅同學的桌子。

雖然他一副兇神惡煞的樣子，但我並不感到畏懼，因為教室裡的氣氛可怕多了。

沒人敢頂撞小武，但也沒人真的畏懼他。

只有手中握著絕對的力量，才能給人這樣的勇氣。

每個人都在等待，等待著使用力量的那一刻。

✣

「可惡！那個笨蛋到底在想什麼啊！也不先跟我們商量一下！」

阿凱激動地這麼說，還踢倒了園藝倉庫裡的工具。

小武開始霸凌同學已經將近兩星期了，就算是最遲鈍的傢伙，也能看出小武有何企圖。

我們五個人聚集在園藝倉庫裡，卻完全想不到能拯救小武的辦法。

小武當然不在這裡。自從他動手毆打阿凱之後，就故意不跟我們往來了，原因也很好理解。

這也讓我們覺得更加難過。

香瑩始終低著頭，從剛才就紅了眼眶。

「都是我害的……他是為了救我，才會幹出那種傻事……」

「香瑩，現在不是追究責任的時候，我們應該趕快想想辦法。」

「……來不及了吧。就算他立刻跪著向全班道歉，我也不認為大家會原諒他。」

面對我的提議，阿文說出令人絕望的結論。

這句話讓阿凱皺起眉頭，露出絕不服輸的表情。

「……不，還不到絕望的時候。我們這裡有五票，只要集中投票給羅同學，應該可以改變些什麼。」
「……阿凱，別再自欺欺人了。五票是絕對贏不過二十五票的。」
阿文冷靜地這麼分析，同時往我這邊看了一眼。
「而且，你確定我們這邊有五票嗎？」
我沒有說話，默默承受著他們兩人的視線。
這讓小春忍不住叫了出來。
「你們別這樣！我不懂你們在這種時候吵架有什麼意義！」
她難得生氣一次，讓在場的三位男生全都低下了頭。
香瑩抬起頭來，伸手擦去自己的眼淚，露出我從未見過的堅毅表情。
「……我決定了。我們就集中投票吧。不過，不是投給羅同學。如果你們要投票，就全部投給我吧。」
「香瑩！連妳也瘋了嗎！」
「就是說啊！妳到底在想什麼啊！」
阿凱與阿文都衝到她面前，想要勸她打消這個念頭。不過，我很快就理解她的想法了。
「……原來如此。妳想跟小武平分班上的票嗎？」
「對。那傢伙雖然是個笨蛋，但也不會去做那種白白送死的蠢事。我猜他應該是想要賭一把看看。我上次得了七票，如果那些人沒有跑票，再扣掉我們這邊的五票，就算其他人都投票給他，他還是不會當選，所以……」

「就算是這樣，我也不可能投票給妳吧！」

阿文情緒激動地這麼說。阿凱雖然沒那麼激動，但也點了點頭。

「是啊，再怎麼樣都不需要投票給妳，投票給別人不是也一樣嗎？」

「……不，我不想再投票給羅同學了。阿凱，難道你還不明白小武為何要這麼做嗎？他想要傳達給你的訊息，你真的完全沒發現？」

「這……」

阿凱再也說不出話，只能緊緊握著拳頭。阿文把他推開，衝到香瑩面前，用雙手抓住她的肩膀。

「不行！不能那麼做！妳這樣只是讓小武的心意白費，只會讓他白白犧牲！我……」

可是，他還沒把話說完，倉庫裡就響起清亮的聲響。

香瑩賞了他一個耳光。

「他又還不一定會死！我不准你說那種話！」

阿文完全傻住了。我跟小春也不知道該如何是好。

阿凱看向香瑩，平靜地說出自己的決定。

「……香瑩，我是不可能投票給妳的。」

「隨便你。反正我也不打算聽你的。就算你們不投票給我也沒差，我會想辦法讓別人投給我的。」

丟下這句話之後，香瑩直接轉身就走，率先離開這間倉庫。

阿凱重重地嘆了口氣，然後也跟著離開了。

「小春，我們也走吧。」

「可是……」

聽到我這麼說，小春看向還愣在原地的阿文，顯得有些不知所措。

我對著她搖了搖頭。

「走吧。」

說完，我牽著小春的手，硬是把她帶走。

在反手把門關上的同時，我看到阿文流下眼淚。

✤

當天放學後，我來到社辦，跟往常一樣安靜地看書，只是內心完全靜不下來。

白佳歆也跟往常一樣坐在我對面，安靜地看著自己的書，一句話也不說。

自從上次跟她一起在這裡看到當選者死去的樣子後，她就一直都是這樣了。不過，這種情況在今天有了變化。

「……你有何打算？」
她終於主動說話，只是眼睛依然盯著書本。
「妳是指什麼事？」
「我是說你那個做傻事的朋友。你會為了救他投票嗎？」
「……不，他要我堅持走自己的路。就算要救他，我也不會用那種方法。」
「……你有個好朋友呢。」
「是啊。不過，我還真不知道該怎麼救他。」
我放下書本，重重地嘆了口氣。
白佳歆也放下書本，往我這邊看了過來。
默默看著我一段時間後，她又別過頭去。
「……那你有找羅同學商量嗎？」
「羅同學？我要找她商量什麼？」
「就是……幫助你朋友的方法。」
我不知道自己現在是什麼表情，只知道她好像有些不知所措。
「怎……怎麼了？我說錯話了嗎？」
「……我不知道原來妳也會開玩笑。」
「……我不是在開玩笑。」

「如果妳不是，那我真的有點為妳擔心。」

白佳歆鼓起臉頰，看起來不太高興，讓我稍微反省了一下。畢竟她是出於好意才這麼問，我至少也該把話說清楚。

「……我沒有跟她講起這件事，也永遠不可能找她商量。因為我相信她只會叫我投票，然後不斷用她深信不疑的『民主』精神洗腦我。如果我真心想要殺掉某個人，才有可能去找她商量。」

「……是嗎？」

她稍微低下頭，聲音聽起來好像有些開心。

「是的。順便告訴妳，她那個人從來不聽別人說話，只會單方面把自己的價值觀強加在別人身上，我遠離她都來不及了，絕對不可能主動去找她。」

我拿出自己的手機，看到滿滿的未讀訊息通知，心情就變得憂鬱。

「……聽你說成這樣，我反倒覺得她有點可憐。」

「……妳說得對。就算心情再怎麼差，這樣說一個女生還是有點過分。我會反省的。」

白佳歆點了點頭。

雖然不知道原因是什麼，但她願意重新跟我說話，還是讓我有種看到一絲希望的感覺。

我不打算放過這個機會。

「……如果我要找人商量這種事，妳才是最好的人選。」

白佳歆突然站了起來，轉身背對著我，走到窗戶旁邊。

「……你是說真的？」

「嗯。我想聽聽妳的看法。」

她陷入沉默，看著窗外的景色，不知道在想些什麼。

我耐著性子等她開口。因為我知道這個問題不好回答。在等待的同時，我還順便告訴她香瑩的決定。

「……她很勇敢，也很聰明，這確實是唯一的辦法了。」

「妳覺得她會成功嗎？」

「有機會，但我也不敢保證。畢竟我去年沒遇過這種情況。」

說著說著，她笑了出來。

「……真好。他們願意為彼此賭上性命的感情，實在讓人羨慕。想不到在這種冷漠的社會裡，還能看到這種事情。」

「是啊……不過，要是他們之中有人死了，那我就……」

我雙手交握，身體無法停止顫抖。白佳歆輕輕握住我的手。

「……對不起，我幫不上你的忙。」

雖然她這樣向我道歉，但至少我現在心情好多了。

面對無情的選舉，以及難以預測的人心，我們唯一能做的事情，也就只有祈求。

第二次班級選舉當天，我跟小春搭乘公車來到郊外。沿著年久失修的柏油路走了五分鐘後，就能看到那間有著紅色屋頂的三層樓宅邸。雖然說是宅邸，但其實一點都不豪華，反倒充滿著各種補修過的痕跡。唯一不輸給其他宅邸的地方，就只有院子裡的花園。五顏六色的花朵在其中爭相綻放，尤其又以杜鵑花最為顯眼。

那是院長最愛的花。

即便主人早就離開這個世界，那些花依然繼續綻放。看來新院長也是個愛花之人，沒有疏於照顧這些花朵。

「……我們真的回來了呢。」

「是啊。雖然只有我們兩個……」

我感慨地這麼說，但小春努力打起精神，露出燦爛的笑容。

「沒關係，下次我們六個都會一起回來。」

「嗯。」

我點了點頭，然後跟小春一起踏進「親愛之家」。

我今天來到這裡，是為了實現跟小春之間的約定。

不過，聽到她要求在今天回來的時候，我心裡還是覺得不太好受。因為我明白她為何要這麼做，也知道自己只能陪她一起逃避。

後來，我們整個上午都在陪育幼院裡的弟弟與妹妹玩耍。到了午餐時間，我們也跟大家一起用餐，還從新院長口中得知其他畢業生的近況。吃完午飯之後，我們回到以前的房間看看，很自然地想起那些懷念的往事。

我在床邊坐了下來，小春則是輕輕撫摸柱子上的刻痕，完全藏不住臉上的笑意。

「嘻嘻，看到這些刻痕，我就想起你以前跟阿凱的大哥之爭呢。我實在不懂身高跟誰是大哥有什麼關係，而且明明小武才是最高的人，卻被他自動忽視。」

「他當時真的很幼稚，明明是我年紀最大，他卻硬要我把他當成哥哥，還為了這樣跟我打架，簡直莫名其妙。」

「畢竟他一直都是我們五個人的大哥，結果你這個新人突然跑進來，讓他降級變成二哥，也難怪他會那麼生氣。」

「……我當時不懂他為何那麼激動，後來才慢慢明白。」

「是啊，他早就把照顧我們這些弟弟妹妹，當成自己人生的意義了……直到現在都不曾改變。」

小春又從床底下的玩具箱裡，拿出一個公主人偶。

「啊，我還記得那個人偶。自從香瑩拿到那個人偶之後，就變得很愛漂亮，把自己當成公主了。」

「不對喔。她在那之前就把自己當成公主，所以才會硬要阿文想辦法送她這個人偶。」

「……也對，他們兩個當時早就像是公主與僕人了。我還記得阿文每天下午都去幫電器行老闆打雜，存了好久的錢才買下那個人偶……這就是讓香瑩變成現在這種個性的原因嗎？」

「嘻嘻，只要有個真心對待自己的男生，每個女孩子都會變成公主喔。」

「……聽妳這麼說，妳是不是早就發現他們兩個的事情了？」

「……你終於發現了嗎？我還以為你一輩子都不會發現。」

「等等，既然妳早就知道這件事，為什麼不早點告訴我？」

「當事人之間都還沒有結果，我當然只能袖手旁觀啊。更何況，我自己這邊也還沒有解決……」

小春越說越小聲，還順便瞪了我一眼。

我不知道自己做錯了什麼，只好趕快轉移話題。

「話說，如果香瑩是公主，那小武就是騎士了吧。他雖然經常打架，但每次都是為了我們。小時候是跟附近的孩子打架，國中時代是跟班上的壞學生打架，這次也是一樣……」

「……是啊。就是因為知道這樣，儘管被他打得頭破血流，阿凱也沒有半句怨言。」

小春的表情蒙上一層陰霾，我故意笑著這麼說。

「喂喂喂，妳怎麼可以露出那種憂鬱的表情，那明明就是我的專利吧？」

「……經你這麼一說，我才想起來你以前有多麼陰沉。老實說，我第一次見到你的時候，還以為你是鬼魂呢。」

小春勉強笑了出來，我也難為情地搔搔頭髮。

「……哈哈，畢竟我那時經歷了很多事情。要不是遇到你們和院長，我可能永遠都走不出來吧。」

「不過，你還是改變了。你變成一個很溫暖的好人。」

「……別這樣啦。我最怕別人對我說這種話了。」

我只覺得臉頰發燙，趕緊別過頭去。

「妳這傢伙還是一樣，說這種話都不會害羞。就只有妳從小到大都不曾改變。」

「……是嗎？」

小春不以為意地這麼說。那語氣異常冰冷，讓我有些嚇到。

「你有沒有想過，這可能是因為你從來不曾真正瞭解我？」

她說這句話時面無表情，讓我的腦袋也跟著變得一片空白。

直到她默默走出房間，我才終於有辦法動作。

✣

我原本還以為小春生氣了，但事情好像並非如此。

至少她去跟新院長與弟妹們道別的時候，看起來還是一樣活潑開朗。

離太陽下山還有一段時間，但我們已經踏上歸途。

因為我今天還有一個重要任務。

看著手機裡的兩則訊息，我的心情變得越來越沉重。

小武與香瑩昨天不約而同地傳了訊息過來，就連內容也大同小異。

他們都希望我在開票時陪著他們，要是最壞的情況發生了，就由我來送他們最後一程。

「小春，我們回到學校以後，妳就快點回宿舍吧。園藝倉庫那邊我一個人去就行了。」

「……不要，我也要跟去。」

「可是……」

「就只有這件事，我絕對不聽你的。」

無論我怎麼勸說，她都聽不進去。不過，我們還要搭一個多小時的公車，我還有很多時間能跟她慢慢溝通。

雖然我如此盤算，但不知為何出現在車站的某人，讓我的計畫落空了。

「啊……老師，你怎麼會在這裡？」

看到班導李老師也在等公車，小春快步走過去打招呼。

老師先是一臉驚訝地看著我們兩個，然後很快就揚起嘴角。

「……哎呀，兩位是在約會嗎？年輕真好。老師這隻單身狗的眼睛都快要被你們閃瞎了。」

「沒……沒有啦！我們不是在約會！絕對不是！」

小春羞得滿臉通紅，慌張地揮舞雙手。

為了幫她解圍，我只好站了出來。

「……老師，你還沒回答她的問題。」

「啊……抱歉，好像真的是這樣呢。其實我是回老家辦點事情，現在正準備回學校附近的住處。」

「回老家？你老家在這邊嗎？」

「是啊。朱同學，我上次就跟妳說過這件事了，難道妳不記得了嗎？」

「對喔，我忘記了。不好意思。」

「……喂，當初是妳主動問我老家在哪裡，還要我這個同鄉特別關照你們，結果妳一個轉頭就忘記這件事，這也未免太不夠意思了吧？」

「哈哈……」

小春難為情地吐了吐舌頭。

這段對話讓我聽得一頭霧水。

「……小春，原來妳跟老師很熟嗎？」

「其實也還好啦。因為我要幫忙管理園藝倉庫，所以偶爾會在那邊跟老師聊天。」

「這樣啊……」

我不知為何覺得不太愉快，轉頭看了老師一眼。

這讓老師露出不懷好意的笑容。

「葉同學，你怎麼可以這樣看老師呢？你該不會是吃醋了吧？看來我又要在全國選舉中多得一票了呢。天啊，這真是太可怕了！」

「……你想太多了。」

我懶得理他。正好公車來了，我便直接上車。

小春與老師也跟著上車。

即便我故意坐在靠近走道的位子，老師還是硬擠到我旁邊坐下。小春也隔著走道坐在我旁邊，把我夾在他們兩個中間。而且他們還聊個不停，我完全插不上話，連想要小睡片刻都辦不到。

為了妥善運用時間，我只好拿出手機，想要趁現在消化掉羅同學傳過來的垃圾訊息，結果老師不知為何把手放到我腿上。

「葉同學，別緊張。還不到開票的時間，你不需要急著確認郵件。」

「……我不是在擔心那個。」

我把他的手拿開，但他還是不肯放過我，硬要把頭探過來。

「不然你現在是要投票嗎？」

「才不是。我不打算投票。」

「不投票……？」

老師總算放過我，只是眼神變得有點奇怪。

我覺得不太對勁，但小春還沒察覺異狀。

「是啊。阿仁早就決定不投票了。他這個人很頑固，不管別人怎麼說都聽不進去。」

「不投票……永遠嗎？」

老師的眼神異常認真，讓小春也閉上了嘴巴。

沉默籠罩著我們，老師也在這段期間不斷上下打量著我。這種莫名其妙的舉動，讓我跟小春都不知道該做何反應。

「有意思……葉同學，你這人比我想的還要有意思呢……」

說完這句話之後，老師轉頭看向窗外，再也沒有說話，就只有不時發出的冷笑聲，提醒我旁邊的座位還坐著別人。

✤

雖然在車上遇到莫名其妙的事情，但我跟小春很快就把那件事拋到腦後，一下車就全速趕回學校。

天空逐漸轉為橘紅色，我的心臟也越跳越快。

當我和小春趕到園藝倉庫時，阿凱、阿文和香瑩已經在那邊了。

他們緊緊握著彼此的手。就算這陣子發生了許多不愉快的事情，也還不足以摧毀我們之間的感情。

我沒問他們今天去了哪裡，也沒問他們是怎麼和好的。

我現在只關心一個問題。

「……小武呢？」

「……去上廁所。這已經不知道是第幾次了。」

阿凱一臉無奈地這麼說，我這才鬆了口氣。

「哈哈……知道他也會怕，我反倒放心了。」

「就是說啊，既然會怕，當初就不該幹這種傻事。」

阿凱搖了搖頭，看來他還是很反對小武的做法。不過，他還是放下心結來到這裡了。

我轉頭看向另外兩人。

阿文毫無反應，不知道在想些什麼。香瑩縮起身體坐在角落，被小春抱在懷裡。

我想要說些今天回去親愛之家的事情，稍微緩和一下現場的氣氛，但手機正好在這時發出聲響。

不光是我，每個人的手機都響了。
大家沒有動作，就只是微微顫抖。
香瑩突然大口喘氣，一副隨時都會喘不過氣的樣子。
我鼓起勇氣，從懷裡掏出手機，打開標題名為「開票通知」的郵件。
快速掃視過上面的內容後，我無力地癱坐在地上。
「阿……阿仁！結果到底怎麼樣了！你不要嚇我！」
阿凱叫了出來。我努力開口回答，聲音嘶啞到連我自己都認不得了。
「……他們兩個都沒事。香瑩得了十票，小武得了十五票，誰也沒有當選。」
聽到我這麼說，每個人都反應不過來。
就在這時，園藝倉庫的門猛然打開。
小武喘著大氣站在門外，眼裡泛著淚光。
一看到他出現，香瑩立刻起身衝了過去。
他們兩人緊緊抱在一起，但香瑩很快就用拳頭在小武身上亂捶一通。
「笨蛋！以後不要再做這種傻事了！」
「妳還好意思說我！妳的票數怎麼又增加了！我沒想到竟然只贏妳五票！」
「哼！只要我故意嘲笑班上那些醜女的長相，她們就會通通把票投給我了！要比顧人怨的程度，我絕對不會輸給任何人！」

「笨蛋！這是值得驕傲的事情嗎！」

「不准叫我笨蛋！就只有你沒那個資格！」

香瑩還是不斷捶著小武的胸口，但力道也慢慢減輕，最後小聲地罵了一句。

「……笨蛋。」

「我不是笨蛋，是妳的擋箭牌。這可是妳自己說過的話，所以……」

小武還沒把話說完，香瑩就堵住他的嘴巴了。

而且還是用她自己的嘴唇。

當著我們大家的面，他們兩人從兄妹變成了情侶。

阿凱面帶微笑輕輕鼓掌。小春伸手摀住自己紅通通的臉頰。

在這個值得慶賀的時刻，只有我注意到阿文緊握的拳頭，心裡有種不好的預感。

第四章　人心

第二次班級選舉已經過去兩天了，其他人都還沉浸在平安過關的喜悅之中，就只有我高興不起來，在午休時間獨自來到操場旁邊的涼亭。

確認四下無人後，我拿出口袋裡的公民手機，重新打開那封郵件。

我是在昨天晚上突然收到這封郵件。

寄件人是「選舉委員會」，主旨是「民主分數變動通知」。

郵件的內容並不複雜。簡單來說，就是因為我連續三次在全國選舉與班級選舉中投了廢票，讓選舉委員會認定我在抵制「民主」，決定調降我的「民主分數」。

考慮到我是初犯，選舉委員會只扣了五分，但這五分已經算是很巨大了。因為每個人的初始分數也就只有一百分。這五分讓我的「民主加權」數值提高了百分之一。也就是說，以後我得到的票數都會增加。雖然這百分之一對班級選舉幾乎毫無影響，但還有其他真正讓我感到困擾的事情。

那就是我的公民手機功能將會受到限制。據那封通知信所說，我現在無法在網路上發表任何文章與留言了。雖然我本來就對網路世界不感興趣，也還是免不得要擔心，要是我的民主分數繼續降低，會不會受到更多的懲罰。

「傷腦筋……」

我小聲自言自語，白佳歆曾經說過的話也在腦海中響起。

『你真的明白這有多麼困難嗎？』

她應該是早就知道會變成這樣，當初才會對我這麼說。

「也許我應該找她談談。」

我做出這樣的決定，然後就把手機放進口袋。

就在這時，一道熟悉的聲音從我身後響起。

「如何？你現在後悔了嗎？」

我轉過身去，發現李老師面帶微笑盯著我看。

那眼神不知為何讓我覺得很不舒服，忍不住往後退了兩步。

「……我不懂你在說什麼。」

「你不需要隱瞞老師。如果你真的都不投票，也差不多該收到選舉委員會的警告，被他們調降民主分數了。」

李老師擅自在我旁邊坐了下來，然後又補上這麼一句話。

「難道你不想知道分數繼續降低會發生什麼事嗎？」

這句話有種魔力，讓我無法離開這裡。我嘆了口氣，在他對面坐了下來。

「你可以告訴我嗎？」

「當然可以。畢竟為學生解答就是老師的職責。」

李老師裝模作樣地豎起食指這麼說。

「首先，你在網路上的發言會受到限制，因為政府不想讓反民主思想擴散開來。再來，你的國民福利會慢慢減少，因為國家的社福經費都來自民主支持者的貢獻，反民主人士沒資格享受那些資源。最後，你的行動還會受到限制，一舉一動都有可能受到監視，因為那種堅定的反民主人士很可能變成暴徒。」

我沒有說話。李老師繼續說了下去。

「此外，你以後在升學與求職的路上，都會處處碰壁，學校與公司都能在面試時查閱你的民主分數。為了整個團體的和諧與穩定，沒有人會錄用一個民主分數不高的傢伙，你將淪落為社會的底層。民主加權機制還會讓你在每次選舉時比別人更有可能當選。」

李老師越說越開心，一副很期待我會有什麼反應的樣子。

我沉默了好一陣子，最後從嘴裡吐出一口氣。

這不是嘆息，而是鬆了口氣。

說也奇怪，在得知代價之後，我反倒有種如釋重負的感覺，心中的不安完全消失了。

「原來如此。如果只有這樣，那我就放心多了。」

這次換成李老師陷入沉默。我起身準備離開，還不忘順便向他道謝。

「老師，謝謝你告訴我這些。我先走了。」

「……等等。」

李老師叫住了我，而且表情異常嚴肅。

「你這是在逞強嗎？聽到我剛才那麼說，難道你都不害怕嗎？」

雖然嘴巴上這麼說，但我感覺得出來他根本就不關心我，只是想從我的反應中得到樂趣，忍不住就回了這句話。

「謝謝你的關心。不過，我覺得你應該更擔心自己才對。別忘了，全校選舉就在這個月底，而且我聽說幾乎每次都是老師當選。」

我丟下這句話就轉身離開，再也沒有回頭。

✤

當天放學後，我們六個人來到園藝倉庫。

小武不知道從哪裡找來一張桌子，讓小春和香瑩在桌上擺滿了零食。

「乾杯！」

阿凱舉著手裡的鋁罐這麼說。其他人也紛紛喊著乾杯，喝了一口自己手上的飲料。

這只是一場小小的慶功宴，慶祝我們平安逃過上次那場危機四伏的選舉。大家都很開心，就只有阿文的表情不太對勁。我能明白他的心情，其他人也都明白，所以才會假裝沒發現。

儘管如此，宴會還是很順利地進行，沒有發生不愉快的事情。

當大家的心情都冷卻下來後，阿凱放下飲料，換上嚴肅的表情。

「各位，我們差不多該來談正事了。」

「什麼正事？」

小春歪著頭問道。阿文聳聳肩膀。

「……當然是討論下次選舉的事情啊。妳該不會以為他們兩個真的沒事了吧？」

聽到這句話，小武和香瑩臉上的笑容都消失了。

阿凱繼續說了下去。

「沒錯，他們兩個的處境還是很危險。那種危險的平衡不該一直持續下去，離下次選舉還有二十多天，我們得趁這段時間想想辦法。」

「看你的表情，你應該早就想到辦法了吧。」

我說出自己的感想。阿凱點了點頭。

「嗯，我想要利用這個月的社會實習課。」

「社會實習課？」

香瑩皺起眉頭。

「社會實習課可以幫我們什麼？我完全無法理解。」

但我低頭想了一下，很快就明白阿凱的意思了。

「原來如此，你想藉著分組行動的機會，讓他們兩個跟其他同學打好關係對吧？」

「正是如此！」

阿凱打了個響指。

「這次的社會實習課是校外教學，每個星期六都會去不同的單位參觀，而且班上還會分成好幾個小組，由不同的老師擔任領隊。我已經跟方老師確認過了，到時候會是五個人一組，我們班上有三十個人，所以總共會分成六組。」

「五個人一組……那我們不就要被拆散了嗎？」

小春難掩臉上的失望。阿凱搖了搖食指。

「就算是六個人一組，我們六個也必須分散行動。至少香瑩跟小武都得加入其他小組。只有讓他們趁機跟其他同學打好關係，才能真正解決當前的危機。」

「你想得太簡單了。」

小武嘆了口氣。

「我們兩個現在惹人厭的程度，早就遠遠超過你的想像。每個男生看我的眼神都充滿敵意，香瑩也完全被其他女生當成空氣。我不認為分組行動可以挽回什麼。」

「不，你沒搞懂我的意思。」

阿凱立刻反駁，表情充滿了自信。

「我不是要你跟其他男生打好關係，也不是要香瑩去討好其他女生，而是正好相反。」

聽到他這麼說，每個人都露出恍然大悟的表情。

「你要我去勾引班上那些男生？」

香瑩的眼神中充滿厭惡，但阿凱還是保持著笑容。

「不是勾引，妳只需要展現自己原本的魅力就行了。妳要當個高不可攀的女王，最好是成為班上男生的偶像，讓他們捨不得投票給妳，也不願見到妳當選。我們班上的男女生人數完全相同，只要男生都不投票給妳，妳就絕對不會當選。」

香瑩與小武陷入沉默，阿凱繼續說了下去。

「因為畏懼『民主』，大家都不敢跟別人有深入的交流，但這次的社會實習課是校外教學，又是分組行動，大家也會比較放鬆戒心。妳可以趁機跟同組的男生多聊天，想辦法混熟。憑妳的外型，我相信他們不會抗拒。」

我偷偷觀察小武的反應。我原本以為他會生氣，不想讓香瑩出賣色相，沒想到他竟然意外地平靜。

「只要可以保護香瑩，我不反對讓她那麼做。可是，我應該用不了這招吧？如果我去討好班上的女生，感覺應該會死得更快。」

「不，沒這回事！」

小春反駁了小武的看法，眼睛也變得閃閃發亮。

「小武，其實你很受女生歡迎喔！國中時代也有很多女生暗戀你！」

「真的假的？我怎麼都沒發現？」

小武搔了搔頭髮。阿凱不斷點頭。

「是真的。以前有不少女生會跑來向我打聽你的事情。只是我每次都會覺得不爽，總是告訴她們你早就死會了。」

「你這傢伙……」

小武的額頭爆出青筋，但香瑩默默盯著他看，讓他不敢為了這件事發火，輕輕放下舉到一半的拳頭。

為了阻止可能爆發的衝突，我說出內心的疑惑。

「阿凱，我記得分組好像不是學生自己決定的，你打算怎麼解決這個問題？」

「當然是去拜託方老師幫忙啊。」

阿凱想也不想就這麼回答，彷彿早就在等我們問這個問題了。

「方老師是個好人。我相信只要她明白我們的情況，一定會答應幫忙。」

「可是，這個月的選舉可是全校選舉，方老師也無法置身事外，這樣她還有心情幫助我們嗎？」

阿文說出這個疑惑，阿凱也說出早就準備好的答案。

「反正去問問看又不會少一塊肉。如果她拒絕，我們再想其他方法不就行了嗎？」

「我看你只是想找機會跟方老師說話吧。」

阿文這麼吐槽，阿凱立刻變得滿臉通紅。

「我……我才沒有！我這麼做絕對不是出於私心！」

「別裝了。你看著方老師的眼神總是含情脈脈，這裡大概只有阿仁沒發現你喜歡她。」

香瑩雙手一攤，其他人也都露出苦笑。我努力掩飾內心的驚訝，用平靜的語氣這麼問道。
「阿凱，那你打算什麼時候去找老師？」
「現在就去。」
阿凱稍微清了清喉嚨，然後就看向我跟阿文。
「你們兩個也跟我一起去。要是我緊張得說不出話，到時候就麻煩你們了。」
我跟阿文點了點頭，準備隨著阿凱一起離開。
就在這時，小春突然跑了過來。
「等等，我也要去。」
跟著我們走到門外後，她回頭向倉庫裡的香瑩與小武眨了眨眼睛。
我立刻明白小春這麼做的用意，斜眼看向身旁的阿文。
他的臉色果然不太好看，讓我決定之後要找機會跟他談談。

✤

我們四個人在走廊上等了將近半小時後，教職員辦公室裡總算只剩下方老師一個人了。
阿凱先用褲管擦乾手上的冷汗，然後才輕輕敲門。
「請進。」

聽到方老師這麼說，阿凱開門走了進去。
看到我們四個人出現在教職員辦公室，方老師似乎明白了什麼，很快就換上嚴肅的表情。
「張同學，你們是不是有重要的事情要找我？」
「是的！」
阿凱在方老師面前立正站好，慢慢說出我們來到這裡的用意。
方老師似乎也對我們班上的情況略有耳聞，知道我們想要幫助小武與香瑩後，想也不想就答應幫忙了。
「沒問題，如果是這種事情，我很樂意幫忙。」
方老師微微一笑。阿凱看傻了眼，一句話都說不出來，我只好幫忙接話。
「老師，這樣真的好嗎？他們兩個現在算是問題人物，如果班上同學對分組的結果感到不滿，說不定會影響到他們對妳的評價……」
「你擔心這可能會影響到我在全校選舉的得票？」
「……對。雖然我們很希望妳能幫忙，但也不想因為這樣拖累妳。」
「葉同學，你真溫柔。」
方老師瞇起眼睛，伸手輕撫我的頭髮。這舉動讓我不知所措，其他人也愣住了。方老師繼續說了下去。
「不過你們不需要為我擔心。老師不是第一次面對選舉，知道該怎麼拿捏分寸。這麼說可能有點臭屁，但我自認是個還算受歡迎的老師。」

阿凱立刻附和。

「是啊。不可能有學生投票給妳的，我覺得李老師危險多了，那個人講話有時候真的很機車。」

聽到他這麼說，阿文跟小春都點了點頭，但方老師迅速板起臉孔。

「……張同學，就算只是開玩笑，也不可以說那種話。他畢竟是你們的班導。」

雖然方老師立刻幫李老師說話，但也沒有否定阿凱的說法。

因為現場的氣氛變得有些尷尬，我趕緊轉移話題。

「老師，妳應該也是第一次面對全校選舉吧？難道妳都不會緊張嗎？」

「我當然會緊張啊，沒有人面對選舉不會緊張。不過我們老師比較特別，每年只需要面對兩次選舉，已經算是壓力最輕的工作了。如果連這種壓力都承受不住，就沒有工作能做了。」

老師露出苦笑，阿文也說出自己的感想。

「真好。如果每年只有兩次選舉，我們學生也可以更專心讀書了。真不知道政府這樣安排有何用意。」

「如果你知道全校選舉的特殊規則，恐怕就不會說那種話了。」

老師低下頭去，眼神中閃過一絲恐懼，我忍不住問道。

「老師，妳這句話是什麼意思？」

「其實全校選舉跟班級選舉的門檻不一樣，班級選舉只有得到超過三分之二的票才會當選，但全校選舉是得票最多的人就會當選。也就是說，全校選舉一定會有人當選。只要票數最多，就算只有一票，也還是會當選。」

聽到老師這麼說，所有人的臉色都變得很難看。因為這意味著一定會有人死於這場選舉。

老師繼續說了下去。

「這是因為學校這個選區的性質較為特別，老師與學生並非對等的存在，卻又處於同樣的選區，讓這場選舉的主要目的變成汰除掉不適任的教職人員。只要想想就能明白了，如果一位老師的得票數比學生還要高，又怎麼有資格繼續在學校裡教書呢？」

「可是，學生應該也可能當選吧？」

我說出心中的疑惑，老師搖了搖頭。

「不，全校選舉的當選者必定會是老師，絕無例外。」

「為什麼？」

老師沒有馬上回答我的問題，猶豫了一下才開口。

「……你們聽說過『教師會議』嗎？」

我們四個人看向彼此，但每個人的眼神中都只有困惑。

老師壓低音量，一副深怕被別人知道她告訴我們這件事的樣子。

「據說學校裡的教職人員為了自保，都會暗中聯合起來，把票集中投給他們選出來的學生。因為教職人員的人數通常都有好幾十個，所以這麼做就能大幅保障他們自身的安全。不過，絕大多數的學生也知道這件事，都會很有默契地在全校選舉時把票投給討厭的老師，因為學生的人數遠遠多過教職人員，所以每次幾乎都是教職人員當選。」

因為這件事太過黑暗，讓我們四個人都傻住了。

小春甚至嚇得倒退兩步，撞到後面的辦公桌。方老師趕緊解釋。

「別誤會。這些事情都只是我聽說的。我還只是個菜鳥老師，沒有真的去開過那種會議，不過學生時代的經驗告訴我，這種事情確實很可能存在。畢竟總是會有學生的得票數跟老師人數非常接近。」

眼見我們還是臉色蒼白，方老師努力安慰我們。

「不過，其實你們也不用那麼害怕。因為學生也是全校選舉的候選人，所以舉辦全校選舉的那個月不會有班級選舉，對你們來說反倒安全。反正不管怎麼樣都只有一個人會死，而且通常都是老師。」

老師的聲音微微顫抖，但她很快就重新振作了起來，說回原本的話題。

「對了，你們要我幫忙安排，那你們想好要怎麼分組了嗎？」

我們四個人都搖了搖頭。方老師拿出自己的手機。

「那我們交換一下聯絡方式吧。等你們想好要怎麼分組再告訴我就行了。」

我正準備拿出自己的手機，但阿凱二話不說就把我推開，搶先拿出手機跟老師交換了信箱與電話號碼。

然後我們再次向老師道謝，就這樣走出教職員辦公室。

離開教職員辦公室之後，我們有好一陣子都說不出話，直到小春打破沉默。

「方老師真是個好人。我總覺得她跟其他人好像不太一樣。」

「我也這麼覺得。」

阿凱點頭如搗蒜，阿文則嘆了口氣。

「……你們該不會還沒發現吧？」

「發現什麼？」

小春歪著頭這麼問。阿文豎起食指。

「我猜她八成是我們的同類，也就是在育幼院長大的孩子。」

「真的嗎？你怎麼會知道？」

「這只不過是我的感覺罷了。」

面對小春的質疑，阿文只回了這句話，但這句話有種莫名奇妙的說服力，讓大家都接受了這件事。

我們就這樣走向宿舍。阿凱一直看著手機傻笑，讓我很擔心他會幹出什麼傻事。

來到男生宿舍的門口後，阿凱就迫不及待地衝進屋裡了。

我跟阿文沒有馬上回去，而是先把小春送到女生宿舍。

目送小春走進宿舍大門後，我轉頭這麼告訴阿文。

「阿文，你現在有空嗎？我想跟你談談。」

他似乎知道我要說什麼，但也沒有拒絕，無奈地點了點頭。

「……好吧。反正我也有話要跟你說。」

說完，他直接轉身邁出腳步。我默默跟了上去。

✤

阿文帶我來到體育館後面的小型籃球場。

因為年久失修，這裡早就禁止使用，地上堆滿了損壞廢棄的桌椅。

我們拿著順路買來的飲料，找了兩張勉強堪用的椅子坐下。

「我知道你要說什麼。」

阿文劈頭就這麼說。

「如果你是要安慰我，那我勸你可以省點口水。這種傷痕不是旁人隨便說幾句話就能撫平。」

雖然嘴巴上這麼說，但我看到他眼角泛出淚光，這才稍微鬆了口氣。

「至少我能讓你知道你並不孤單。」

我好心這麼說，卻換來他憤恨的目光。

「不，我還是最孤單的那個人。你們每個傢伙都有對象，就只有我沒人要。」

「……你在說什麼傻話啊？小武就算了，我跟阿凱也還是單身狗啊。我們兩個還是你的好兄……好痛！你幹嘛打我啊！」

我話還沒說完，肩膀就被阿文狠狠槌了一下。

他沒有說明打我的原因，就只是默默瞪著我，最後無奈地嘆了口氣。

「算了，跟你這種傢伙認真，只會顯得我很幼稚。」

他輕輕推了推眼鏡，重新換上嚴肅的表情。

「阿仁，說真的，你覺得阿凱今天提出的計畫怎麼樣？」

「你是說要利用社會實習課，幫小武和香瑩拉攏班上同學的計畫嗎？」

「沒錯，你覺得這招會管用嗎？」

「會吧。香瑩確實很漂亮，只要她對班上那些男生說幾句好聽話，或是給他們一個微笑，我相信肯定會有很多人迷上她。小武雖然不是個帥哥，但他很有男子氣概，只要對其他女生溫柔一點，應該也能幫自己加不少分才對。他們兩個才剛開始交往，我只擔心他們不願意讓對方犧牲色相，但他們好像都不反對，那不就完全沒問題了嗎？」

「你錯了。問題可大了。」

阿文搖了搖頭，還忍不住開始咬指甲。這是他的壞習慣，每次他驚慌失措的時候都會這麼做。

「如果他們能成功拉攏班上的異性，確實可以暫時解決當前的危機。可是，這麼做其實藏有很大的風險。」

「風險？」

「是啊。他們兩個是一對情侶，如果班上有許多人對他們懷有愛慕之情，之後被發現他們其實早就在偷偷交往了，你覺得那些人會做出什麼事情？」

這句話讓我有種當頭棒喝的感覺。阿文繼續說了下去，語氣中充滿懊悔。

「……因為這次的事情，我才明白人的嫉妒之心到底有多麼可怕。雖然他們兩個都會顧慮到我的心情，不敢在我面前曬恩愛，但小武這幾天晚上還是有傳不完的簡訊，只要看到他看著手機傻笑的樣子，我心中就會湧出一股黑色的情感。」

他越說越小聲，身體也微微顫抖。

「其實我上次差點就要投票給小武了。因為我害怕他犧牲自己的英勇行為，會讓我失去從小暗戀的女孩。我明明就沒有豁出生命保護她的勇氣，卻還是會嫉妒一個真正能給她幸福的人，而且那人還是我的好兄弟。這就是『民主』。你們都太小看『民主』了。」

我震驚得一句話都說不出來。阿文始終低著頭，不敢跟我對上視線。

「他們兩個現在的處境確實很危險，但不是因為令人眼紅的外表，也不是因為惹人厭的言行，而是因為他們祕密擁有的幸福。阿凱完全搞錯重點了。」

「……那你剛才怎麼不反對？」

「因為我也承認這是唯一的辦法。就算有風險，也還是值得一試。不過，必須有人提醒他們其中的風險。而我不適合做這件事。」

阿文抬頭看了過來。

「阿仁，這個任務只能交給你了。你要找機會告誡小武和香瑩，叫他們低調一點，千萬不能被人發現他們交往的事情。你可以找小春幫忙，阿凱就算了。因為我猜他做這件事有一半是為了自己。」

「……我明白了，交給我吧。」

聽到我這麼說，阿文露出寂寞的微笑，然後就起身走掉了。

我沒有跟上去。

因為我想為他保留最後的尊嚴。

✣

隔天下午，我在放學後來到文藝社社辦。

我原本想要先找小武談談，但他很快就不知道跑去哪裡了，而且香瑩也不見人影，讓我只能放棄，先來處理另一個問題。

打開社辦的門後，我很快就看到那位專心讀書的繃帶女孩。

「白同學，可以打擾一下嗎？」

她立刻抬起頭來，對我露出和善的微笑。

「當然可以。還有，你不用這麼見外，直接叫我佳歆就行了。」

自從上次選舉結束後，我們的關係好像就拉近了許多。雖然不知道原因是什麼，但我還是為此感到非常開心。聽到她現在這麼說，我更是沒有理由拒絕。

「謝謝妳，佳歆。」

我在她身旁坐了下來。她立刻開口發問。

「你找我有什麼事嗎？」

「嗯，我想跟妳打聽一下社會實習課的事情。」

說完，我告訴她阿凱的計畫。她沒有反對，因為她還不曉得小武和香瑩開始交往的事情，而我也不敢自作主張說出這件事。

「那你們想要怎麼分組？」

她說出這個理所當然的問題，我難為情地搔了搔臉頰。

「其實我就是想要聽聽看妳的意見。阿凱把這件事交給我處理，但我又拿不定主意。」

「原來如此。」

佳歆從書包裡拿出紙筆，還拿出手機瀏覽選舉委員會官網上的資料。

手機螢幕上很快就顯示出全班同學的名字了。她先在筆記本上寫下小武和香瑩的名字，然後一邊轉筆一邊思考。

我沒有打擾她，在旁邊默默看著。她很快就寫好分組名單，拿到我面前這麼說道。

「這是我的想法，你看一下。」

「嗯。」

我低頭看向那份名單。香瑩當然是跟班上的四個男生同一組，而且那些男生的長相都不是很好看，以前應該沒什麼女人緣。

「……原來如此。如果讓這些男生跟香瑩同一組，他們應該很快就會拜倒在她的石榴裙下。班上的其他女生也不會因為這樣對她反感，甚至還會有種優越感。」

我對佳歆細密的心思感到佩服，但她好像不覺得這是讚美，尷尬地低下頭去。

我繼續看向那份名單，發現佳歆把小武跟小春分在同一組，另外三位組員都是女生。佳歆注意到我的目光，立刻說明她這麼做的用意。

「黃同學的外表比較嚇人，如果直接讓他跟不認識的女生一組，恐怕很難讓他們打成一團。我覺得他可能會需要小春這個幫手。」

「嗯，有道理。小春確實很擅長讓人卸下心防。」

確認過最重要的兩個小組後，我繼續看了下去，發現其他小組的名單也不是亂排的。那些對小武和香瑩特別有敵意的人都被分開了。

佳歆立刻補充說明。

「雖然民主制度會在人與人之間築起一道高牆，但這種較為愉快的校外教學活動，還是可能讓班上出現小團體。如果讓討厭特定人物的學生結合起來，就會大幅提升班級選舉的危險性。」

聽到她這麼解釋，我連連點頭，然後伸手指向最後一個小組的名單。這個小組的成員分別是我、佳歆、阿凱、羅同學與陳少華。

「那這一組呢？為什麼妳要這樣安排？」

「因為羅同學與陳同學是班上的兩個極端，一個極度熱愛民主，一個極度畏懼民主，也是最難控制的不確定因素，還是放在身邊比較安心，而且他們兩人跟你的交情都不錯。張同學則是個善於交際的人，應該可以幫你應付這兩個問題人物。」

「原來如此。我覺得這樣安排很合理，不過還是有個缺點。」

「缺點？」

「是啊，缺點就是我犧牲太多了，還要帶著三個電燈泡。其實我只想跟妳一起行動。」

聽到我這麼說，佳歆迅速低下頭去，耳朵也紅透了。

「別……別亂說，就算可以兩個人一組，我們還是要跟指導老師一起行動，不可能單獨相處。」

「我知道，只是開個小玩笑。謝謝妳的意見，我決定採用這份名單了。」

我一邊笑著這麼說一邊拿走那份名單，佳歆突然開口問道。

「等等，那指導老師要怎麼辦？方老師有說要讓你們自由安排嗎？」

「……沒有。她沒說可以，但也沒說不行。」

「那你幫我確認一下。如果可以由我們選擇，我不希望跟方老師一起行動。」

「為什麼？」

「因為……」

佳歆沒有馬上回答，把右手放在自己的胸口，露出十分悲傷的眼神。

「因為看到她會讓我想起一個熟人，我想盡量避免跟她接觸。」

「熟人？」

我感到很好奇，想要知道其中的緣由，但佳歆不想繼續說下去，故意轉換話題。

「……不說這個了，你有什麼比較想去參觀的單位嗎？反正我們要一起行動，不如先來討論一下吧。」

「……嗯，阿凱說手機工廠是比較熱門的選項，還推薦了一間給我。」

我拿出自己的公民手機，打開瀏覽器搜尋阿凱告訴我的工廠名字，卻發現我無法點進那間國營手機工廠的官網，不管試幾次都會重新跳回首頁。

「咦？怎麼回事？怎麼點不進去？」

我小聲叫了出來。佳歆探頭看了過來，露出震撼的表情，然後緩緩說出我想知道的答案。

「……明仁，這是選舉委員會設下的網路長城。你是不是有收到警告？」

「啊……」

我總算想起選舉委員會上次發來的通知信，還有李老師曾經說過的話。原來這就是民主分數太低的懲罰。雖然這不是什麼嚴重的大事，但實際遇到還是讓我感到有些沮喪。

佳歆不知為何默默盯著我，眼神中帶有複雜的情感，既像是歡喜，又像是恐懼，過了好久才終於開口。

「……你真的沒有投票呢。我當時還以為你只是隨便說說，很快就會放棄。」

「我不會放棄的。」

「這只是剛開始，之後還會有更嚴重的懲罰。」

「我知道。李老師都告訴我了。」

聽到我突然說出李老師，佳歆驚訝地眨了眨眼睛，但她很快就繼續問道。

「那他有告訴你怎麼補救嗎？」

「沒有，不過我大概想像得到。如果我開始投票，民主分數就會恢復正常了對吧？我不會那麼做的。我還知道可以靠著捐錢幫自己加分，但我沒有那麼多錢。」

「你先別急著下定論。」

佳歆拿出自己的手機，在我面前搜尋那間工廠的名字，成功進到官網。

我驚訝地看著螢幕。佳歆繼續說了下去。

「其實就算不投票，也沒有錢捐給政府的社福單位，還是有其他方法可以讓民主分數增加。我就是靠著那種方法，補回放棄投票失去的分數。」

「那……妳願意教我怎麼做嗎？」

佳歆回給我一個微笑，然後緩緩說出李老師故意不告訴我的事情。

✣

隔天早上，李老師在班會時間宣布了一件事。

雖然絕大多數的學生都很驚訝，但我昨天已經從佳歆口中得知此事，所以從頭到尾都很冷靜。不過，我沒想到李老師今天就會宣布，所以還來不及把這件事告訴阿凱他們。

李老師站在講台上滔滔不絕地說個不停。

「三個禮拜後，全校學生都得接受定期學力審查。這項審查每學期都會舉辦兩次，期中一次，期末又一次。這是你們提升民主分數的好機會，老師希望大家都能好好把握。畢竟你們身為民主國家的公民，這個民主分數可說是至關重要的東西。」

李老師轉過身體，在黑板上寫下「民主分數」這四個字，然後繼續說了下去。

「只要民主分數夠高，就能證明你們是具備足夠民主素養的優秀公民，在選舉中得到些許優勢。」

說到這裡，李老師四處張望，最後將目光停留在我身上。

「葉同學，你是班上最瞭解『民主』的人，可以請你說說看民主分數會為我們帶來什麼好處嗎？」

全班同學都看了過來，我不得不起身回答。

「……我只知道民主分數會影響到『民主加權』這項數值，民主分數越高，這項數值就會越低。而我們在每次選舉中得到的票數，都會乘上這個數值，所以這個數值越低越有利。」

「沒錯！這就是提高民主分數最大的好處！只要民主分數夠高，當選的機率就會降低。雖然在總票數不多的小型選舉之中，這項數值的影響並不大，但是在全國選舉這種大型選舉之中，這項數值通常會是決定最後結果的關鍵因素。不要以為這種事跟你們無關，就算你們還只是學生，每年也還是要參加兩次全校選舉。我們學校總共有八百五十五位學生，還有七十八位教職人員，也能算是大型選舉了，所以這項數值對你們來說還是很重要的。」

看到教室裡有不少學生變得面色鐵青，李老師露出燦爛的笑容。

「不過，你們也不需要太過緊張。只要你們好好用功，在定期學力審查中得到好成績，就能提高自己的民主分數，平安度過月底的全校選舉。這件事並不困難。全班同學的各科成績都會被拿去統計，成績排前三名的人就能拿到民主分數，而且每個科目都是分開計算。也就是說，你們最多可以一次拿到七分。這可是學生才有的福利啊。因為等你們出了社會之後，想要得到民主分數就會變得非常困難。」

這些話的意思很容易理解，我相信在場的每個人都聽得懂。簡單來說，就是只要成為資優生，就能得到民主分數，讓自己更容易在選舉中活下來，而這也是佳歆昨天教我的方法。

李老師繼續說了下去。

「你們也許會擔心，要是努力得到了好成績，說不定會引來同學的嫉妒，反而因此死在選舉之中。不過老師可以告訴你們，那種事絕對不會發生，因為每個人的成績都是保密的。政府當初設計出這種制度，只是為了解決『共產』制度的弊端。」

李老師轉過身體，在黑板上寫下「共產」這兩個字，然後繼續說了下去。

「老師上次曾經說過，共產制度會讓人民失去上進心，而這也是共產制度當初失敗的原因。為了避免重蹈覆轍，我國才會發明民主分數這種東西，讓人民保有追求卓越的動力。不過，這種制度既是糖果也是鞭子，如果你們不能在定期學力審查中取得好成績，就會得到相應的懲罰。」

李老師轉過身體，在黑板上寫下「競爭」這兩個字，然後繼續說下去。

「定期學力審查結束後，學校會公布每個班級的成績。總成績排在學年後半段的班級將會失去暑假，只能留在學校裡補習，而且補習期間還會繼續舉辦班級選舉。成績中段的班級必須在暑假期間做社區服務，只有成績排第一的班級才能享有完整的暑假。」

聽到老師這麼說，全班同學都發出驚呼聲。

李老師揚起嘴角，繼續說了下去。

「不過這還不是真正的重點。重點是那些在定期學力審查中拖累班級的害群之馬，成績也會被學校公布出來，讓各位在投票的時候有個參考依據。」

李老師環視周圍，看著全班同學瑟瑟發抖的模樣，露出心滿意足的微笑，最後又看了我一眼。

「順便告訴你們一件事，民主分數也是學力審查的項目之一，如果你們不積極投票，也可能變成拖累班級的害群之馬。老師不希望你們變成那種人，讓我們一起好好加油，平安度過這次的全校選舉吧。」

丟下這句話之後，李老師就宣布班會結束，讓我們以最糟糕的心情迎接這一天。

✣

放學後，我們六個人再次來到園藝倉庫。這次不是為了慶祝，而是為了討論今後的對策。因為大家都很不安，我率先說出自己知道的事情，想要讓他們放心。

「其實你們不用太擔心學力審查的問題。雖然李老師說校方會公布吊車尾學生的成績，但也只有最後一名的學生。我們幾個的成績並沒有那麼差吧？」

聽到我這麼說，阿凱點了點頭。

「也是。阿文就不用說了，就連小武這個肌肉棒子的成績都不算差。」

「等等，你這話是什麼意思？」

小武忍不住抗議，但阿凱沒有理他，繼續說下去。

「這說不定反倒是件好事。如果班上有那種成績很差的傢伙，反而可以幫小武和香瑩分擔票數。不過……」

他突然看向我，眼神中充滿擔憂。

「阿仁，我很擔心你的民主分數。你一直沒有投票，民主分數肯定是全班最低，你有想過這個問題要怎麼解決了嗎？」

「想過了。」

我這麼回答。我剛才已經跟他們解釋民主分數與投票行為之間的關係，也說過自己收到警告的事情，但還沒告訴他們我要怎麼解決這個問題。

「我要利用這次的學力審查，補回失去的民主分數。我對自己的數學還算有信心，只要能在班上拿到前三名，至少能讓民主分數加回一分。」

「原來如此……你的數學成績確實不錯，我有時候也贏不過你。」

阿文低頭想了一下，然後問了這個問題。

「不過只有一分夠嗎？你現在的民主分數到底是幾分啊？」

「……你不用擔心這個問題，我會想辦法解決的。」

「……阿仁，你不要逞強。我又不是第一天認識你。你的民主分數到底是幾分？」

他瞇起眼睛盯著我看，其他人的表情也變得嚴肅。

「反正不會有問題就是了。我的『民主加權』數值只增加了百分之一，頂多就是全校選舉的時候多個半票，根本不痛不癢。李老師今天說得那麼嚴重，只不過是故意要嚇唬我們。你應該也知道，那個人講話就是這麼機車。」

我故意聳聳肩膀，說得雲淡風輕，但他如果會被我輕易騙過，就不會是我們之中最聰明的人了。

「別傻了。這個民主分數不是那麼簡單的東西。『民主加權』數值根本就不是重點，重點是這次的定期學力審查，還有那種惡毒的班級成績競賽。」

阿文推了推眼鏡，繼續說了下去。

「你以為學校故意讓各個班級比成績，訂下那麼極端的懲罰與獎勵規則，還公布班上吊車尾學生的成績是為了什麼？就是為了用選舉威脅我們，逼學生拚命念書。因為全班同學都會痛恨班上那個成績最差的傢伙。」

聽到他這麼說，其他四個人的臉色都變得很難看。

即便如此，我還是努力擠出微笑。

「那又如何？就算民主分數也是學力審查的項目之一，我的成績也沒有差到這個項目被扣個幾分，就會變成吊車尾的程度。」

「可是，如果你一直不投票，民主分數就會不斷扣下去。這項數值明明跟學業無關，卻會影響到學力審查的成績，總有一天會變成你身上的沉重枷鎖，讓你變成那個吊車尾的學生。不，不光是學生，只要你堅持不投票，就算出了社會，你也一輩子都會是團體中那個吊車尾的傢伙。這才是它最可怕的地方。」

「……我明白你的意思，我會盡力補救的。」

眼見我還是不打算實話實說，阿文重重地嘆了口氣。

「需要我陪你讀書嗎？不光是數學，我還能幫你加強其他科目。」

「不用了，你還是去幫其他人吧。我已經找到強大的幫手了，你不需要我擔心。」

「幫手？誰啊？」

阿文疑惑地歪著頭，其他人也一臉問號。

我笑著回答。

「就是佳歆啊。聽說她的成績也很好，曾經在學力審查之中拿到七分。她已經答應要幫我補習了。」

「佳歆……」

小春小聲說出這個名字，不知為何一直盯著我看。

「原來你們的感情已經變得這麼好了啊……」

「還好啦。她本來就是個好人，知道我有困難，就主動說要幫忙了。我真的很感謝她。」

我難為情地搔了搔臉頰。眾人突然陷入沉默，香瑩還重重地嘆了口氣。

阿凱大聲叫了出來。

「話……話說回來，這種制度實在是很糟糕呢！我覺得這根本就違背了『民主』的精神！明明是為了追求平等，政府卻創造出這麼不公平的遊戲規則，簡直就是自相矛盾嘛！」

雖然不知道他為何要轉移話題，我還是跟著附和。

「是啊。不過這好像也是沒辦法的事。佳歆曾經跟我說過，這個國家剛成立的時候，好像發生過不少問題。因為大家都害怕贏過別人，也沒有人敢出來創業，讓整個國家都失去了前進的動力。還有不少國民團結起來抵制選舉，讓『民主』制度形同虛設。而政府就是為了解決這些弊端，才會發明這個一點都不公平的民主分數制度。政府創造出那些審查，還把民主分數列入審查項目，就是為了讓人無法消極選舉。因為如果一個團體的成員都投廢票，或是不肯努力讀書賺錢，那個團體就會在競爭之中輸掉，失去各種實質上的利益。」

眼見大家不發一語，我繼續說了下去。

「真正的平等根本不存在。明白這個道理後，我更確信自己要走的路是正確的。」

聽我說到這裡，阿文使勁抓了抓自己的頭髮。我明明知道這些利害關係，卻還是拒絕他的援手，他應該也覺得很無奈吧。

「……總之，只要我們都能拿到好成績，就不需要煩惱這些事情了。我會盡量幫忙你們的。」

他輕輕推了推眼鏡，然後轉頭看向阿凱。

「阿凱，社會實習課那邊的事情都搞定了嗎？」

阿凱猛然回過神來，從書包裡拿出筆記本。

「搞定了。我昨天晚上就把分組名單傳給方老師，她也答應要幫我們安排了。這是最後的名單，你們確認一下吧。」

說完，他把筆記本攤在桌上，翻開寫有名單的那一頁。

除了我跟阿凱之外，其他人都圍上去查看名單。

小春很快就確認過名單，轉頭看向阿凱。

「……阿凱，這份名單是你寫的嗎？」

她不知為何面無表情，語氣也很冰冷。

阿凱冷汗直流，結結巴巴地這麼說。

「不……不是我，這份名單是阿仁給我的。」

「原來如此……」

小春點了點頭，轉過頭來笑著對我這麼說。

「阿仁，我猜這份名單也是佳歆的主意對不對？」

「咦？妳怎麼會知道？」

我忍不住問了這個問題，但小春沒有回答，其他人也再次陷入沉默，讓這次的會議就這樣在尷尬之中結束了。

因為這個月有社會實習課與定期學力審查，月底還有全校選舉這件大事，讓我們這些學生全都忙到不行。

班上同學都變得比以前還要用功，阿凱他們也是每天都會跑到園藝倉庫舉辦讀書會，只有我跟他們不一樣，這兩天都是在文藝社社辦裡跟佳歆一起唸書。

✤

週末很快就到了。

今天是星期六，也是我們初次參加社會實習課的日子。

社會實習課一共有四次，時間都是在週六，每次參觀的地方都不相同，而且事後還要寫一篇報告交出去。這代表我們恐怕連週日都沒辦法好好休假。

不過，阿凱看起來還是非常開心。

因為我們這個小組的指導老師是方老師。光是想到今天都能跟這位美女一起行動，我想應該沒有男生不會激動才對。跟我們同組的陳少華也難得沒有封閉自己，變得比平時還要多話。

羅同學好像也暫時把「民主」拋到腦後，興奮地拿著手機不斷拍照。

就只有佳歆一個人悶悶不樂，始終躲在隊伍的最後方。

我知道她為什麼開心不起來。因為她原本不希望跟方老師同組，但阿凱那個色鬼違反了她的意願，在提出名單的時候拜託方老師跟我們一組，結果就變成現在這樣了。

我不想讓佳歆感到寂寞，所以也跟著走在後面，默默聽著其他四人的對話。

我們今天要參觀的地方是一間手機工廠。我們剛剛才在門口集合完畢，現在正準備走進工廠。整個工業區十分寬敞，裡面至少有十多座工廠，而且每座工廠都比一座足球場還要巨大，讓我們這些學生看得目瞪口呆。

走進距離最近的工廠大門後，在我們眼前出現了一條超長的走道。方老師一邊走在前面帶路，一邊為我們介紹工廠內部的設施。

「這是一間國營工廠。因為技術人員不斷進行改良與調整，手機的製程已經完全自動化。我們的右手邊就是產線了。」

我們順著老師的目光看過去，看到數不清的手機機殼在輸送帶上移動。那些機殼會在特定的地方被送進一台機器，變成完整的手機從另一個地方出來。老師停下腳步為我們說明。

「那台機器就叫作組裝機。在很久以前，組裝手機這個步驟只能由人力來完成。因為手機裡有很多不同的零件，只要零件的尺寸與重量稍有誤差，就無法讓機器完成組裝。不過，我國目前的技術已經可以實現這件事了。因為輸送帶上還配備了最先進的感應器，可以事先淘汰掉那些不合規格的零件。」

聽到老師這麼說，所有人都專心看著那台組裝機，還有不斷被機器送出來的公民手機，以及那些在途中被淘汰掉的零件。我突然有感而發。

「總覺得……那些手機跟我們還真像。」

大家都看了過來，我繼續說了下去。

「雖然大家都是不同的個體，但是只能在固定的路線上前進，照著固定好的程序被做成完全相同的樣子。只要跟別人稍有不同，就只能落得被淘汰的下場。」

大家都陷入沉默，連羅同學都沒有反駁我。

方老師微微一笑。

「葉同學，看來你很感性呢。如果你將來成為作家，記得幫老師簽名喔。」

「老師，妳誤會他了。就算他真的變成作家，也一定是那種色情小說家，我勸妳還是別拜託他簽名比較好。」

阿凱直接這樣吐槽，連一點面子都不給我。我一腳踹在他的屁股上，讓他摔了個狗吃屎，所有人都哈哈大笑。我這才發現自從上了高中以後，就再也不曾跟老師與同學這樣歡笑了。

後來，整個社會實習課的過程一直都很歡樂。方老師對我們很好，就只有跟佳歆相處的時候不太自然。因為佳歆一直跟她保持距離。

我決定找機會跟佳歆談談。

✤

時間來到下個星期，我在放學後來到社辦跟佳歆一起唸書。

「佳歆，我可以問妳一個問題嗎？」

「你是要問哪個科目的問題？」

佳歆歪著頭這麼問，我闔上眼前的課本。

「不是學業方面的問題，我想知道妳為什麼對方老師那麼排斥？」

佳歆低下頭去，沒有回答我的問題。我繼續追問。

「妳討厭她嗎？」

「……不是。」

佳歆只說了這句話。我默默盯著她看，用眼神給她無形的壓力。她實在拿我沒辦法，重重地嘆了口氣。

「其實……她跟我以前認識的某個女老師很像。我不是說外表，而是她們給人的感覺。那位女老師也是個好人，心地善良，從來不曾投票給別人，最後卻死於全校選舉，所以……」

「所以怎麼樣？」

「所以我有種不好的預感，覺得方老師也會落得同樣的下場。我不想再看到那種好人死去了。」

「原來如此。」

我點了點頭。

「妳不敢親近方老師，是因為妳害怕再次受傷。不過，我覺得妳想太多了。方老師沒理由當選。不管『民主』制度有多麼殘酷，也不會殺死那種無可挑剔的好人。我還是對人性抱持著一絲希望。」

「我以前也是這麼想的……」

佳歆小聲地這麼說，看著我的眼神充滿著絕望。

「我當初也認為那位女老師絕對不會當選，但人心就跟選舉結果一樣難料，而且遠比『民主』制度還要黑暗，我早就對這一切失去了信心。」

看到她軟弱無助的樣子，我想也不想就握住她的手。

「別擔心，我會幫妳慢慢找回信心。」

這句話讓佳歆找回笑容，但她很快就害羞地低下頭，匆忙抽回被我握住的手。

看到她的反應，我相信下次的社會實習課一定會變得更愉快。

✤

時間過得很快，第二次社會實習課也結束了。

佳歆跟方老師的關係改善了不少，至少我有看到她們說話的樣子。

因為下個禮拜就是學力審查，大家都在用功讀書。我也不例外。可是，正當我放學後準備去社辦報到時，手機卻突然收到阿凱傳來的訊息。

他約我去園藝倉庫見面，而且還搞得很神祕，叫我不要把這件事告訴任何人。仔細想想，自從上次的社會實習課結束之後，他就變得有點奇怪了。

為了搞懂他變成這樣的原因，我準時過去赴約，打開鐵門走進倉庫。

阿凱獨自蹲坐在倉庫的角落，看到我出現才抬起頭來。我發現他的眼眶微微泛紅，好像才剛哭過。

「……阿凱，發生什麼事了？」

「……阿仁，我被甩了。」

他有氣無力地這麼說，看起來像是隻可憐兮兮的喪家之犬。

我大概猜到是怎麼回事了。

「你跑去向方老師告白了嗎？」

阿凱點了點頭。我在他旁邊坐了下來。

「笨蛋，你也未免太有勇無謀了吧？方老師還那麼年輕，長得又漂亮，隨便去參加配對活動都能找到很棒的對象，你這個平凡的高中生怎麼可能會有希望？」

我狠狠地吐槽他。他沒有反擊，就只是懊惱地抱著腦袋。

「我也覺得自己太衝動了，但我就是忍不住。」

「你是在前天向她告白嗎？」

「是啊。實習課結束之後，你們幾個不是先離開了嗎？我假裝拜託老師陪我去找參考書，然後就在公園裡向她告白了。」

「然後呢？」

「然後我就被甩了。」

「這我當然知道，我是要問她拒絕的理由。」

「……你一定要在我的傷口上灑鹽嗎？」

「聽到這種大八卦，任何人都會想要問清楚吧？」

「也是……」

阿凱嘆了口氣。

「其實方老師早就有男朋友了，對方是她大學時代的同學。他們兩人很早就兩情相悅，只是因為身在同一個選區，所以才遲遲沒有在一起，直到兩人都畢業之後才敢開始交往，但也還是瞞著身邊的人。」

「……有必要保密成這樣嗎？他們當初不敢在同一個選區裡公開戀情，這我還可以理解。可是，他們不是都已經畢業了嗎？為什麼還要偷偷交往？」

「因為他們兩個都是高中老師，這是為了顧慮到學生的心情。」

「顧慮學生的心情？什麼意思？」

「阿仁，我問你。我們進到這間高中兩個多月了，你有聽說過班上傳出緋聞嗎？」

「……沒有。」

我大概明白阿凱的意思，也跟著低下了頭。阿凱繼續說了下去。

「可是我們讀國中的時候，班上經常會有男生跟女生傳出緋聞，絕大多數的人都有喜歡的對象，也會把這種事情拿出來討論，不然就是互相消遣，但這種事情在我們上了高中後就完全消失了，你覺得這是因為什麼？」

「……因為『民主』。」

「沒錯。民主讓我們連普通朋友都不敢交，深怕人與人之間的摩擦與糾紛會害自己當選，至於男女朋友就更不用說了。為了在『民主』制度中活下來，我們這些年輕人捨棄了『戀愛』。如果有人在我們面前放閃，盡情享受愛情帶來的幸福，而且又剛好待在同一個選區之中，你覺得會發生什麼事情？」

「……那人肯定會高票當選。」

我說出這個結論，阿凱再次嘆了口氣。我轉頭問他。

「這些話是方老師親口告訴你的嗎？」

「是啊。很矛盾對吧？她明明知道這樣很危險，卻還是對我實話實說。她寧可冒著風險，也要認真回應我的感情。她真是個好女人，簡直就是完美的女神。」

阿凱再次紅了眼眶，緊緊咬著自己的下唇，一副很不甘心的樣子。

我突然想起阿文上次在籃球場說過的話，忍不住這麼說道。

「……你可不要因為這樣就投票給她喔。」

我才剛說出這句話，肩膀就被阿凱重重捶了一下。

「拜託！我才沒那麼小心眼好嗎！」

阿凱拍拍屁股站了起來。

「不過我也沒那麼堅強，沒辦法馬上假裝什麼事都沒發生。你可以幫我接手小組長的工作嗎？我現在面對她還是會覺得很尷尬。」

「沒問題。」

我也跟著站了起來。阿凱重新露出微笑，但很快就換上嚴肅的表情，對我這麼說道。

「還有，這件事一定要保密喔。全校選舉就快要到了，我可不想害死那麼好的人。」

「你放心，我絕對會保密到家。」

說完，我們兩人輕輕碰了碰彼此的拳頭，然後就再也不曾提起這件事了。

✤

後來，我代替阿凱成為小組長，負責聯繫方老師與其他組員。不但必須幫老師跟要去參觀的單位接洽，還要負責整合所有組員的心得，做出最後要提交給學校的報告。這讓我變得更為忙碌，不過這一切並非毫無代價。至少我們順利度過第三次的社會實習課了。阿凱在老師面前也表現得很正常，就像是個成熟的男人，讓我對他另眼相看。
第三次社會實習課結束之後，就是最重要的定期學力審查。
每個人在考試當天都緊張到不行，陳少華還在考到一半的時候忍不住嘔吐。為期兩天的考試已經讓人快要崩潰，且這個週末的社會實習課結束後就是全校選舉，一想到這件事，我就有種想要痛罵學校的衝動。
今天是星期三，也是公布成績的日子。
現在是班會時間，李老師走到講台上。他一進門就哭喪著臉，彷彿家裡死了人一樣，讓全班同學都冷汗直流，深怕聽到最壞的消息。
「各位，成績出來了。我們班的總成績是全學年第三，雖然必須做一百個小時的社區服務，但至少你們還是可以放暑假。恭喜你們。」
聽到李老師這麼說，大家的臉上都露出了笑容。光是可以不用補習，跳過一次班級選舉，大家應該就心滿意足了吧。
李老師繼續說了下去。
「不過你們千萬不能就此滿足。因為學期末還有一次學力審查，如果你們的成績退步了，最後的結果還是有可能改變。」
說到這裡，李老師微微往前探出身體，還把左手放在嘴巴旁邊，壓低音量這麼說道。
「……偷偷告訴你們。那些沒辦法放暑假的班級可是很慘的。我剛才經過隔壁班的時候，發現他們班考得不好，全班同學正忙著抓戰犯，所有人都瞪著那些沒考好的學生，一副很想投票給他們的樣子，那種氣氛真的很可怕。」

我想像了一下那副光景，也覺得毛骨悚然。其他同學好像也是這樣，每個人臉上的喜悅都消失了。

李老師在這時露出燦爛的笑容，從公事包裡拿出一大疊信封。

「那我們來發成績單吧。成績單就放在信封裡面，打開來看的時候記得別讓人看見喔。」

李老師把成績單發了下去。每個同學拿到成績單的反應都不一樣，有些人立刻打開來看，也有些人用畏懼的眼神東張西望，緊緊握著手裡的信封。我想也沒想就打開信封，拿出裡面的成績單，確認自己的成績。

我如願在數學這個科目考到全班前三名，這讓我的民主分數多了一分，但也就只有這一分。我的民主分數還是比別人少，是班上的最後一名。而且佳歆曾經說過，如果我今後都不打算投票，民主分數還會以每年五分的速度繼續減少。想到以後要面對的困難，我就不由得冷汗直流。不過我絕對不會退縮的。

我迅速收起成績單，轉頭看看周圍的情況。阿凱他們都露出如釋重負的表情，看來應該是順利過關了。

就在這時，李老師突然清了清喉嚨。

「各位，你們應該都看過自己的成績單了吧？那是只屬於你們的祕密，誰也沒有權利過問。為了保持這個『民主』社會的和諧，那是國家賦予你們的正當權利。不過，為了讓社會持續進步，老師還是必須公布吊車尾學生的成績。」

李老師這句話才剛說完，坐在我斜對面的陳少華就開始嘔吐。他吐得滿地都是，但還是無法阻止李老師宣布成績。

「……陳同學，你這樣不行喔。考試的時候拖累全班就算了，怎麼可以連公布成績的時候都給別人添麻煩呢？」

李老師亮出手中的成績單，為了避免坐在後面的人看不清楚，他還大聲唸出上面的成績。

「語文57分、數學33分、科學41分、資訊44分、社會55分、歷史39分……全都不及格，就只有民主分數是100分，你除了投票之外還會什麼？」

「我……我只是一時失常！考試的時候太過緊張了！我下次一定會考好的！」

陳少華激動地站起來為自己辯解，無視於小春遞給他的手帕。

李老師不為所動，眼神反倒變得更加冰冷。

「下次？你知道我們班跟第一名的班級差幾分嗎？只有十五分。如果你沒有考得那麼差，說不定大家就能放暑假了。」

聽到李老師這麼說，教室裡的氣氛突然變得很詭異，每個人都默默看著陳少華，就只有佳歆閉著眼睛。

陳少華承受不住這種壓力，雙腿一軟跪倒在地上，褲子也被自己的嘔吐物弄髒。他嚇得臉色蒼白，身體抖個不停，又開始吐了起來。那副模樣看起來非常可憐，但班上沒有一個人同情他。

我這時才總算明白佳歆為何要先閉上眼睛了。

因為這就是「民主」。比別人優秀是罪過，比別人差勁也是罪過。這種強行製造出來的仇恨實在太過醜陋，也難怪她看不下去。

李老師環視周圍，確認過班上同學的反應之後，露出心滿意足的微笑。

「各位同學，這次的定期學力審查結束了，不過再過幾天就是全校選舉。全校選舉的當選者通常都是教職人員。老師也會害怕，但我會勇敢面對選舉的結果。希望你們也都能勇敢面對，做一個堂堂正正的好國民。」

丟下這句話後，李老師就宣布班會結束，快步走出教室。

陳少華還是吐個不停，但是誰也沒有過去安慰他。

✣

當天下午，我們六個人在放學後來到園藝倉庫。

我們立刻確認彼此的成績，討論今後該怎麼分組讀書比較有效率。

因為大家都被陳少華今天早上的慘狀嚇到了，我們突然意識到學業成績也很重要。

阿凱嘆了口氣。

「我原本以為只要搞定社會實習課的問題，就能解決小武和香瑩的危機，看來我還是太天真了。」

「不，你的計畫確實幫了大忙。」

小武輕輕拍了拍他的肩膀。

「至少我跟同組的女生處得不錯，她們有時候還會主動跟我打招呼。其他女生好像也因為這樣變得不再那麼怕我。」

「是啊。」

香瑩也立刻附和。

「我也跟同組的男生混熟了。他們現在對我百依百順，看著我的眼神充滿了愛慕。其他男生好像很羨慕那些跟我同組的男生，也會找機會跑來跟我說話。這也怪不得他們，誰叫我長得漂亮。」

雖然她說得很得意，但小武的臉色也變得越來越難看，眉頭皺成一團。

香瑩露出奸笑，在他的肚子上戳了兩下。

「怎麼？吃醋了嗎？」

「……我才沒有。」

小武一臉不耐地揮了揮手，讓香瑩笑得更開心了。

我發現阿文的臉色也變得有點奇怪，趕緊轉移話題。

「總之，我覺得現在的情況對我們很有利。社會實習課確實有幫小武和香瑩拉攏到人心，現在又有陳少華幫他們分散票數，這次的全校選舉應該可以平安過關才對。」

「……是啊，雖然全校選舉就只有一個人會當選，當選機率本來就低，不過現在這樣還是讓人放心多了。畢竟以後還是會有班級選舉，總是要為了之後做打算。」

阿文說出這樣的感想。也許是因為感到放心，阿凱露出輕浮的笑容，問了大家這個問題。

「話說回來，你們覺得誰會當選啊？」

「你問這個做什麼？」

我感到一頭霧水，忍不住這麼反問。阿凱繼續說了下去。

「只是討論看看嘛。就當作是測試我們對『民主』瞭解到什麼程度，看看我們在這兩個月學到多少東西。為了今後也能繼續活下去，我覺得這也是有必要的事情。」

「可是，我總覺得這樣不太妥當……」

小春怯怯地這麼說，小武也跟著附和。

「是啊。這可不是全國選舉，不管怎樣都是這個學校的人會死，笑著談論這種事太缺德了。」

雖然有兩個人反對，但阿文似乎也贊成阿凱的提議，直接說出自己的想法。

「……我只知道不會是學生當選。畢竟很多學生都聽說過『教師會議』的傳聞，肯定會利用全校選舉投票給討厭的老師。」

「那我們可能得換班導了。不管怎麼想，我都覺得李老師最危險。那傢伙每次講話都很機車，我實在很懷疑他到底是怎麼活到今天的。」

香瑩立刻這麼說。在場的男生都點了點頭，就只有小春幫李老師說話。

「你們好過分……我覺得李老師人不錯啊，操場的花圃都是他在整理。喜歡照顧花的人不可能是壞人，院長不也是這樣嗎？」

「拜託……李老師跟院長差多了。妳不要汙辱院長好嗎？」

阿凱語帶怒氣地這麼說。小春沒有頂嘴，但還是嘟起了嘴巴。

因為氣氛鬧得有點僵，我們很快就草草散會了。

此時的我們完全沒有想到，後來竟然會發生那麼可怕的事情。

✤

隔天早上，我們班又迎來了快樂的社會課時間。

因為這個月的社會實習課就快要全部結束了，方老師正忙著指導大家寫心得報告。

不過，我總覺得她今天看起來好像不太對勁。

方老師從剛才就已經恍神好幾次了。她說話的時候有氣無力，眼皮也經常不自覺地闔在一起，一副隨時都會昏過去的樣子。因為她剛好走到我旁邊，讓我發現她緊咬的嘴唇都流血了，可見她是靠著疼痛才讓自己不會昏倒。

「……老師，妳要不要去休息一下？」

我實在看不下去，舉起右手這麼提議。

「是啊！老師，如果妳身體不舒服就不要勉強了！我送妳去保健室吧！」

阿凱也站起來這麼大喊，其他同學也都贊成這個提議。

方老師露出為難的表情，但她最後還是點了點頭。

「……好吧。葉同學，可以麻煩你扶老師一下嗎？我好像快要站不住了。」

「沒問題。」

正當我準備起身時，方老師突然重心不穩，就這樣往旁邊一倒。雖然我有及時扶住她，但還是沒能撐起她的體重，只能跟著她一起癱坐在地上。

「老師！妳還好吧！」

我大聲叫了出來，但方老師已經閉上眼睛，像是完全聽不見我的聲音。

這場意外讓全班同學都驚慌失措，不知道該怎麼處理。

我轉頭看向佳歆，發現她也露出驚恐的眼神看著老師，而且身體還不停地顫抖，眼角冒出淚水。

就只有阿文最先恢復冷靜，向我下達指示。

「阿仁，你在這裡照顧方老師。我去找保健老師過來。」
「我陪你去。」
小武也自告奮勇地這麼說，然後他們兩人就一起衝出教室了。
雖然我不知道方老師到底怎麼了，但我還是暫時鬆了口氣，以為這樣事情就解決了。不過，我完全想錯了。
因為有一位不速之客突然出現在教室門口。
那人是一位二十歲出頭的青年。他喘著大氣，讓原本斯文的臉龐扭曲變形，身上的白襯衫與黑色西裝褲也變得凌亂不堪，一副才剛穿著西裝跑完馬拉松的樣子。不對，我猜他應該是真的這麼做了吧。
「采潔！」
他很快就看到躺在我懷裡的方老師，激動地衝了過來。我還來不及開口，就被他一把推開，昏迷不醒的方老師也被他搶過去抱住。
「怎麼會這樣！今天不是沒有選舉嗎？」
男子大聲這麼喊著，完全不顧旁人的目光，就這樣哭了起來。
「采潔！妳不能離開我啊！我們不是說好要永遠在一起了嗎？」
他完全失去了冷靜，但我反倒在這一瞬間恢復冷靜，因為直覺告訴我事情不太對勁。
就在這時，一道聲音突然響起，印證了我的想法。

「信宇……」

方老師微微睜開眼睛，小聲呼喚男子的名字。

男子立刻破涕為笑，緊緊抱住懷裡的方老師。

「太好了！妳沒事！真是太好了！」

「……你怎麼會在這裡？」

方老師有氣無力地這麼問，男子如此回答。

「有人打電話給我，說妳在全校選舉中當選，要我快點趕來見妳最後一面。我急著要打電話給妳，但又一直打不通，所以我才……」

說到這裡，男子突然睜大眼睛，額頭上也冒出冷汗。他閉口不語，轉頭環視周圍，眼神中充滿著恐懼。全班同學都看著方老師與那名男子。剛才那種慌亂的氛圍已經完全消失，大家都明白現在是怎麼回事了。不過，誰也不曉得該怎麼處理這種情況。

直到阿文與小武帶著保健老師回來為止，整間教室都安靜得像是葬禮的會場一樣。

✤

現在是星期六的早上，也是這學期的最後一堂社會實習課。我們今天要參觀的單位是市政府。這裡就位在大街上，周圍都是高樓大廈，還有擁擠的人潮。那些群眾都是放假出來散心的。只要遠離自己所屬的選區，人們就會重新找回活力，讓城市裡變得熱鬧非凡，體會到「民主」帶給我們的和平與繁榮。

雖然現在是週六，但政府機關還是有人在上班，也有專門提供給學生參觀的路線，而我們五個學生已經站在辦公大樓的側門門口，脖子上也掛著在櫃檯拿到的訪客證，只要等方老師出現就能進去參觀。不過，她已經遲到一個多小時了。

「老師還真慢……」

羅同學小聲說出這句話。陳少華冷笑一聲。

「我看她是不會來了。說不定明天就要死了，她現在肯定忙著陪心愛的男朋友吧。」

「你不要亂說話！老師又還不一定會當選！」

阿凱忍不住叫了出來。

「就算她有男朋友又怎麼樣！那是她的私事！誰也不會因為這樣就投票給她！」

「這可難說。前天那件事早就在學校裡傳開了。很多男學生都暗戀方老師，知道夢中情人其實是一雙破鞋，他們好像很氣憤呢。老師的男朋友還是個大帥哥，聽說很多女生都很眼紅。」

陳少華揚起嘴角，阿凱激動地揪住他的衣領。

「你還敢說！我知道那個到處亂宣傳的人就是你！你故意要陷害方老師！」

「陷害她？我嗎？為什麼？」

「因為你考得太爛，怕班上同學投票給你，才會想要隨便找個人墊背！」

「哈哈。」

陳少華使勁拍開阿凱的手。

「你這話也是很好笑。我只不過是跟別人說幾句八卦，又沒辦法命令他們投票給誰，這也算是陷害？」

「你這傢伙……！」

阿凱舉起拳頭。我趕緊衝了過去，從後面架住他的雙手。

「阿凱，別這樣！」

「可惡……！怎麼會有你這種爛人！」

阿凱惡狠狠地瞪著陳少華，但他也瞪了回去。

「真要說的話，你這傢伙比我更可疑吧。大家都知道你喜歡方老師，說不定這一切根本就是你設計的。」

「我才沒有！你不要亂說！」

阿凱重新開始激烈掙扎。就在我快要抓不住他的時候，佳歆走到他面前，狠狠甩了他一巴掌。

在場眾人全都愣住了。佳歆冷冷地這麼說。

「冷靜點。你這樣沒辦法解決問題，方老師不會希望看到我們吵架。」

「……抱歉，妳說得對。」

阿凱小聲道歉，我這才放開他的雙手。佳歆轉身看向陳少華與羅同學。

「我看老師今天應該不會來了，我們還是散會吧。」

「說得也是……」

羅同學也贊成這個提議。陳少華沒有說話，直接轉身走人。

看著他離去的背影，羅同學也忍不住皺起眉頭。

「那傢伙還真是討厭。明明那種廢物才是應該被社會淘汰掉的人……」

聽到羅同學說出這種話，讓我感到很驚訝。因為這句話裡多少含有對「民主」的質疑。

我原本還以為她改變了，但她很快就轉頭看向市政府，小聲說出自己的決心。

「等著瞧吧。我將來一定會成為政府官員，把選舉制度修得更完美。」

丟下這句話之後，她也跟著走掉了。

現場只剩下我們三個人。

「事情怎麼會變成這樣……」

我說出這樣的感想。佳歆與阿凱都低頭不語。

因為這個小組原本處得還算融洽。雖然時間很短，也還是給了我們一段學生該有的青春時光，結果卻是以這種形式收場。

「……阿仁，相信我。我真的沒那麼做。」

阿凱對我這麼說，我回給他一個微笑。

「我知道。」

雖然阿凱確實喜歡方老師，也知道她早就有男朋友的事情，但阿凱絕對不可能是犯人。因為我們後來很快就跟方老師確認過整件事的細節，得知了許多線索。

佳歆也同意我的說法。

「是啊。方老師那天被人下了安眠藥，手機也不知道在什麼時候被人偷偷切換到飛航模式。因為犯人是在她的保溫瓶裡下藥，而她的保溫瓶跟手機都是放在自己的辦公桌上，學生很難找機會偷偷溜進教職員辦公室犯案。」

我跟阿凱都陷入沉默。佳歆繼續說了下去，表情也變得越來越嚴肅。

「更重要的是，雖然對方隱藏了號碼，但是打電話給老師男友的人是個成年女性。她男友還是隔壁高中的老師，普通學生很難查得到一位外校老師的電話號碼，所以……」

佳歆再也說不下去。因為這個真相實在太過醜陋，也太過殘忍了。

「……我相信方老師不會當選的。那麼好的人怎麼可能會死？」

阿凱只能這麼安慰自己，但這些話聽起來只像是在逃避現實。

我和佳歆都沒有多說什麼，只能向天祈求，希望人心並非真的那麼黑暗。

✣

隔天傍晚，全校選舉的結果揭曉了。

方老師得到一百七十七票，成為這次選舉唯一的當選者。

因為陳少華在宿舍房間裡歡呼慶祝的模樣太過噁心，我忍不住衝了出來，獨自走在通往學校大門的走廊上。

我不是要去園藝倉庫，因為我知道那裡現在沒人。小武與香瑩早就決定每次開票時都要待在一起，現在肯定是兩個人躲了起來，說不定根本還沒回到學校。阿文剛才有傳訊息給我，說他看到阿凱衝出學校，現在正準備跟小春一起出去找他。我也正在去找他的路上。因為門禁時間就快要到了，我們都不想看到阿凱違規受罰，想要趕快去把他帶回來。

我知道阿凱為何會衝出學校。他肯定是跟我一樣，都收到方老師在死前寄來的電子郵件了。我不知道方老師對阿凱說了什麼，但我看過方老師留給我的訊息後，也有一種想哭的衝動。明明我們這些學生都有可能是投票給她的人，她還是叫我要相信人性。

想到阿凱現在的心情，就讓我加快了腳步。

就在這時，我竟然遇到了一個不該出現在這裡的傢伙。

那人就是李老師。今天是星期天，學校裡應該只有學生，我不明白他為何會出現在這裡。

我驚訝地看著他，他也笑瞇瞇地看著我。

「葉同學，很高興見到你。我們兩個都活下來了呢。真是太好了。」

他還親切地在我的肩膀上拍了兩下。

「其實我本來很擔心自己會死呢，畢竟我這個人講話比較直接，我知道有很多學生都不喜歡我。雖然這麼說不是很好，但方老師就像是代替我犧牲了一樣，我對她只有滿滿的感激。」

雖然嘴巴上這麼說，但他的表情卻顯得有些得意。我突然想起佳歆昨天的推理，忍不住皺起眉頭。李老師無視於我的反應，繼續說了下去。

「你應該也聽說過『教師會議』的事情吧？因為那種子虛烏有的傳聞，學生都習慣在全校選舉的時候投票給老師。不過很多人都誤會了。既然老師的人數比學生少，投票的時候無論如何都不可能贏過學生，那集中投票給某個學生又有什麼意義？大人沒有那麼笨。他們會挑選那種還搞不清楚狀況的菜鳥，找機會陷害那些新人。」

李老師揚起嘴角，露出異常冷酷的眼神。

「因為那些剛出社會的新人都很愚蠢，每個傢伙都急著談戀愛，彌補自己在求學時代的缺憾，完全不顧你們這些現任學生的心情，就算會死也是自找的。方老師會死都是因為自己太過愚蠢，誤以為討好學生比較重要，從未發現真正需要提防的敵人是誰，才會被人從背後一刀捅死。這就是大人的選舉。學生時代的班級選舉不過只是兒戲罷了。」

我一句話都說不出來，因為我現在太過震驚了。我不明白他怎麼敢告訴我這些事，也不明白他為何要這麼做。

李老師走到我身旁，在我耳邊小聲這麼說。

「……騙你的，其實剛才那些事情都是我亂掰的。我只是想要告訴你，人心遠遠比你想的還要黑暗，堅持做個好人毫無意義，你也該認清現實了。」

丟下這句話後，李老師就走掉了。

我過了好久才回過神來，手機也在同時收到訊息。

阿文說他找到阿凱了。我沒有回他訊息，就這樣邁出腳步。

我也不知道自己要走去哪裡，只是突然很想見佳歆一面。

不知道是因為機緣巧合，還是心有靈犀，我來到教室，看到她獨自站在窗邊。

她默默看著窗外的夕陽，任憑微風打在臉上，就跟我們初次見面的時候一樣。

我沒有出聲叫她，就只是走到她旁邊站著。

我知道她受到很大的打擊，因為方老師跟她的一位舊識很像，而且我感覺得出來那位舊識是她很重要的人。她肯定是想起了過去的創傷，我不知道該怎麼安慰她，這就是我現在唯一能做的事情。

「……人心果然很黑暗，善良的人就只有死路一條。」

她冷冷地這麼說，然後轉頭看了過來，眼裡只有絕望。

「你也放棄吧。該投票就投票。我不想看到你死。」

「我不會死的。」

聽到我這麼說，她的眼睛重新亮了起來。

那雙深邃的眼睛就像是黑洞一樣，緊緊吸住我的靈魂不放，讓我無法移開目光。

我把身體靠了過去，而她也沒有抗拒，讓我把她攬進懷裡。

不知道過了多久，她突然把我推開，就這樣衝出教室。我發現她的耳根子都紅透了。

我露出苦笑，感受著臂膀中的餘溫。

李老師的警告閃過腦海，我想起在今天死去的方老師。

我知道在這個「民主」國家之中，比別人優秀是罪過，比別人差勁也是罪過，比別人幸福更是罪過中的罪過。不過即便如此，我還是無法停止追求幸福。

第五章　烏托邦

時間過得很快，我們成為高中生已經三個月了。

雖然上個月發生了一堆鳥事，但只要再撐過兩次選舉，我們就能迎接愉快的暑假。就算我們班的成績不是學年頂尖，在暑假期間必須做滿一百小時的社區服務，也還是可以暫時遠離選舉，讓心情稍微放鬆一下。

不過，班上的氛圍變得非常詭異。

這一切都是那場全校選舉惹的禍，方老師的死似乎讓大家都捨棄了什麼。以前上社會課的歡樂時光都隨著她消失了，班上同學再也不曾露出笑容，眼神中只剩下猜忌與恐懼。而我眼前的這傢伙，就是改變最多的人。

「明仁，你要的書我找到了。我幫你放在桌上喔。」

「……謝謝你，少華。」

「不客氣。我們是室友，這點小事不算什麼。」

把好幾本精裝書擺到桌上後，陳少華回給我一個諂媚的微笑。

今天是星期六，而這裡是市立圖書館。他來這裡找資料時跟我偶遇，還假裝好心地幫我找來好幾本書。

自從他上次在學力審查中考得很差之後，他就經常做些討好我的事情，想要拉攏我這個室友，而且他還經常跟我說小武的壞話，那種為了保命不顧一切的嘴臉可說是噁心至極。

因為這個緣故，每當小武故意在班上欺負他的時候，我也不再有任何罪惡感了。不過，看到這個畏懼選舉的平凡高中生變成這樣，還是讓我感到不勝唏噓。

「那我要準備回老家了。明天見。」

「……嗯，路上小心。」

我向他揮手道別。

等到他的背影完全消失之後，我小聲說了一句。

「……妳可以出來了。」

我才剛說完這句話，旁邊的椅子立刻動了一下。

雖然椅子看起來像是自己移動，但其實並非如此。

佳歆從桌子底下鑽了出來，重重地嘆了口氣。

「……想不到我竟然要躲這麼久。」

「別怪我，是妳自己說要躲起來的。」

「那你至少也找個好一點的藉口吧？說什麼要來這裡找寫小說的資料……」

「不然要說什麼？來約會嗎？」

「……笨蛋。」

佳歆別過頭去，耳根子都紅透了。

看到她的這種反應，讓我不由得揚起嘴角。

「妳不否認？」

她沒有說話，直接拿起桌上的精裝書往我身上亂敲。

「喂，別敲了！很痛耶！」

我舉起雙手努力防禦，但完全招架不住，沒多久就舉白旗投降了。

「……對不起，是我錯了。我不該得意忘形的。」

「……知道就好。」

佳歆總算息怒，重新在我旁邊坐下，還稍微清了清喉嚨。

「約會這兩個字不能隨便說出口，這我應該提醒過你很多次了吧？」

「……我知道。我還記得上個月發生的事情。」

聽到我這麼說，佳歆露出悲傷的表情，但也就只有短短一瞬間。

「那你以後最好小心一點。」

「……我不要。」

我注視著她的眼睛，用堅定的語氣這麼說道。

「只要看到妳，我就無法控制自己。」

「別……別亂說！我是跟你說正經的！」

「我也是認真的。」

佳歆陷入沉默，沒有給我答覆，但也沒有逃開。

不知道過了多久，她小聲這麼說道。

「……我不希望你死。我現在只能這樣答覆你。」

「沒關係，現在只有這樣就夠了。」

我輕輕握住她放在桌上的手，而她也沒有把我甩開。

不過，從背後傳來東西掉落的聲響，讓我們兩個同時回過頭去。

看到站在後面的女孩，我們才趕緊放開對方的手。

「……阿仁，這到底是怎麼回事？」

香瑩低頭看著我們，額頭上還爆出了青筋。

✤

現場的氣氛尷尬到了極點。

香瑩翹著二郎腿坐在我們對面，從剛才開始就一句話也不說。小武交叉雙臂站在她後面，面色異常凝重。

我和佳歆像是等待審判的犯人，但我知道實際被處刑的人只會是我。

「阿仁，我記得你好像跟我說過，談戀愛是很危險的事情，要我千萬別讓別人發現，但你剛才又在做些什麼？」

香瑩終於開口，而且第一個問題就讓我難以招架。

「……香瑩，我們兩個不是那種關係。至少現在還不是。」
「我看到你們的手握在一起。」
「我也握過妳的手。」
「我們是家人。她是外人。」
「她不是外人。她很關心我們的事情，也給過我很多建議。如果沒有她，我不確定我們現在還能不能坐在這裡吵架。」
香瑩斜眼看向佳歆，然後又重新看向我。
「……你把我們的事都告訴她了嗎？」
「對。」
「要是她亂說話，你又要怎麼辦？」
「你們兩個開始交往一個多月了，但目前都沒有別人發現這件事，這應該足夠證明她的清白了吧？」
聽到我這麼說，香瑩低頭想了一下，說出最後一個問題。
「那小春呢？小春要怎麼辦？」
「小春？這件事跟她有關嗎？」
「天啊……」
香瑩抱住自己的腦袋，一副難以置信的樣子。

「看你剛才那樣直球連發，我還以為你以前的遲鈍都是裝出來的，想不到是真的……怎麼會有你這種人……」

因為她的聲音很小，我沒聽清楚她說了什麼，但我還沒來得及問，她就在桌子底下猛踹我的小腿，讓我痛到說不出話。

香瑩再次看向佳歆。我還以為她要口出惡言，但結果正好相反。

「那個……抱歉。我以前曾經說妳的壞話，還把妳的忠告當成耳邊風，不過我以後不會那麼傻了。」

「沒關係，我很清楚當時的情況，那不能怪妳。」

佳歆輕輕揮了揮手。

「『民主』會讓人做出很多可怕的事情，也曾經讓我對人性感到絕望。不過，你們兩位的事情讓我稍微重拾了信心。我真的很羨慕你們的感情。」

聽到她這麼說，香瑩難得臉紅，小武也搔了搔臉頰。

「……可是，這種做法還是很危險。雖然你們已經挺過兩次選舉，但這種危險的平衡隨時都有可能瓦解。你們千萬要小心，絕對不能讓人發現你們的關係。」

「就跟你們兩個一樣是嗎？」

香瑩露出不懷好意的笑容，這次換成佳歆害羞地低下頭。

我的小腿又被踹了一下。

看著我痛苦的模樣，香瑩握住小武的手。
「放心吧，我們兩個都知道這段戀情就像是在走鋼索。不過，面對死亡的威脅，我們反而更想珍惜彼此。」
「是啊。要不是遇到這種事情，我也不會發現自己有多麼重視這傢伙。我當時其實也怕得要死，但只要想到她可能死掉，我就鼓起了勇氣。也就是在那個時候，我才發現自己原來愛著她。」
小武說這些話的時候完全不會臉紅，讓我有些佩服。
我輕輕咳了兩聲。
「……反正班上的人際關係已經定型了，你們一個是班上男生最討厭的人，一個是班上女生最討厭的人，這件事很難改變，現在還有一個陳少華幫忙分擔票數，你們不會有事的，別一直把那種話掛在嘴邊。」
「哈哈，說得也是。」
雖然我這麼說只是安慰，大家也都心裡有數，但小武還是笑了出來，轉頭看向佳歆，指著我這麼說。
「對了，白同學。提醒妳一下，別看他平常一副酷酷的樣子，其實這傢伙很好色。我們小時候偷看的黃色書刊，都是他拚命收集來的。」
「喂！小武，你別亂說話！」

我伸手想要堵住小武的嘴巴，卻被他反過來抓住雙手，我們扭打成一團。我當然打不過他，只能任憑他爆我的黑料。

佳歆轉過頭去，不敢正眼看我。

香瑩笑得很開心，還朝向佳歆伸出了手。

「白同學，可以跟我做個朋友嗎？」

「嗯，當然可以。」

佳歆握住那隻手。兩個女生和平相處，跟男生這邊完全相反。

「……希望大家都能平安無事。」

香瑩小聲說出心中的願望。我相信這是大家共同的願望，只是誰也沒有勇氣先說出來。因為害怕說出來就無法實現。

✤

當天晚上，我房間來了個訪客。

「阿仁，可以打擾一下嗎？」

那人就是阿凱。因為陳少華回老家過夜，所以我很乾脆地讓他進來。

進到房裡之後，他直接在床邊坐下，一副憂心忡忡的樣子。

「怎麼了嗎？你是不是有什麼煩惱？」
「你說中了。」
阿凱嘆了口氣。
「小春哭了。我不知道是怎麼回事，她什麼都不肯說，我只好來問你了。」
「小春哭了？什麼時候的事情？」
「剛才的事情。我在自己房間看夜景乘涼，結果看到她跟香瑩在操場上交談。因為她們看起來好像很激動，我就跑過去看看情況，然後就遇到哭著跑走的小春了。」
「那香瑩怎麼說？」
「她叫我別管。」
「你不可能聽她的吧？」
「當然，所以我才會過來找你。」
「不過，你找錯人了。我什麼都不知道。」
「這樣啊……」
阿凱重重地嘆了口氣，露出寂寞的表情。
「真傷腦筋……小武和香瑩的處境還是很危險。阿文表面上裝作不在意了，但我知道他心裡還有疙瘩。你的民主分數問題也沒解決，小春現在又不知道怎麼了。你們每個人最近都遇上問題，我這個大哥卻什麼忙都幫不上……」

「……算了吧，你只要顧好自己，我就謝天謝地了。我才不相信你這麼快就從方老師的事情走出來了。」

「不，我真的沒事。如果我這樣就被擊敗，就太對不起直到最後都相信我的老師了。我會謹記著她最後的教誨，絕對不會輕易認輸。」

阿凱低頭看著自己緊握的拳頭，表情變得比以前成熟了幾分。

我微微一笑，在他的肩膀上拍了兩下。

「那你更應該相信我們才對，因為我們也是方老師的學生。小武和香瑩沒那麼軟弱，阿文也不是個不明理的傢伙。時間遲早會解決他們三個之間的感情問題。至於我就更不會有問題了，民主分數不夠這種小事，只要我用功讀書就能解決。」

我平靜地這麼說。阿凱明顯感到不滿。

「……你還好意思說這種話？你的問題最大了。最近一直搞神祕，也完全不跟我們一起行動。原本至少還有你跟小春可以陪我，現在一個都沒有了。」

「……原來你只是感到寂寞嗎？」

「不……不行嗎？」

阿凱竟然臉紅了，感覺有點噁心。

「反正你要幫我想想辦法就是了。我負責阿文那邊，小春就交給你了。」

自顧自地丟下這句話之後，阿凱就離開了。

在他離開之後，我拿出手機，思考該傳什麼樣的訊息給小春，但我實在不知道該怎麼開口。

「對了，佳歆跟小春是室友，而且感情還不錯。我可以拜託她幫忙打聽。」

我做出這樣的決定，傳了一封訊息過去，但佳歆沒有給我答覆。

後來我等了一整晚，但還是只能等到短短的「已讀」兩字。

✣

隔天，我來到一個久違的地方。

「歡迎光……咦？」

看到我出現，穿著圍裙的中年型男立刻衝了過來，激動地抱著我的肩膀。

「阿仁！你終於來了！我還以為再也看不到你了！」

「……店長，你這裡最近生意很差嗎？是不是快倒了？」

「沒那種事！這間店的生意好到不行！我只是太想你了！」

說完，店長在空無一人的咖啡廳裡幫我找了個最好的位子。他不但用最快的速度幫我泡好咖啡，還難得送了一塊黑森林蛋糕給我。

當然，他還是很自然地在我對面坐了下來。

「你最近怎麼都沒過來？其他人也都沒有出現，我還以為你們全都……」

「……店長，這裡的咖啡很好喝，如果你能少說幾句話，我相信這裡的生意一定會更好。」

「這樣啊……我會反省的……」

店長難過地低著頭。我發現自己說話好像太不客氣了。

「……抱歉，我今天早上遇到不愉快的事情，心情不是很好。如果讓你覺得不舒服，我願意道歉。」

「不愉快的事情？不會是被女人甩掉了吧？」

聽到店長這麼說，我不小心把嘴裡的咖啡噴了出來。

「咦？真的被我猜中了嗎？」

「……沒有啦，我去找她，但她不願意跟我一起出來。」

「原來如此，你最近都沒來我這邊，就是因為都跟別的女人在一起是吧？」

店長拿出手帕，故意咬給我看，還裝出一副可憐兮兮的樣子，讓我覺得很噁心。

「然後呢？她有告訴你原因嗎？對付女人我最有經驗了，只要她還沒投票給你，就永遠都有希望，你可別輕易放棄。」

「沒有。不管我怎麼問，她都不肯告訴我原因。我還發現她的手受傷了，她昨晚肯定遇到了什麼事情，卻什麼都不願意告訴我，後來也不知道跑去哪裡了。她那樣真的讓我很擔心。」

「這樣啊……」

店長難得露出嚴肅的表情，把手放在我的肩膀上。

「別擔心。女人就是這樣。你永遠不知道她們在想什麼，只能努力讓她們明白你的心意。繼續進攻吧，總有一天會開花結果的。」

店長對我豎起拇指。我默默地點了點頭。

「對了，你的目標是哪一個？是那個奶子很大的長腿女孩嗎？還是那個大腿意外有肉的嬌小女孩？」

「……原來你都是用那種眼光在看她們。」

我知道店長是在說誰，突然有種想要打人的衝動，但最後還是勉強忍住了。

「……都不是。是我們班上的另一個女生。」

「誰啊？我認識嗎？」

「我不知道你認不認識她，但她好像來過這間店。我上次看到她從你這裡跑出去。」

「……等等，那女孩臉上是不是纏著繃帶？」

「是啊，你當時到底對她做了什麼？我很少看到她那麼激動的樣子。」

我忍不住問起這件事，但店長沒有回答，一臉嚴肅地看著我。

「……她沒跟你說過我的事情嗎？」

「沒有。」

「……是嗎？」

店長低頭沉思，讓我覺得有點奇怪。

「你們兩個到底是什麼關係？」

「……其實也沒什麼啦。我曾經把某種東西潑到她臉上，然後她就一直很討厭我了。我們的關係就是這麼單純。」

「某種東西？咖啡嗎？」

「……那種事不重要。」

店長搖了搖頭，然後拿出自己的手機。

「小子，如果你真的喜歡她，就去這個地方找找看吧。我只能幫你這麼多了。」

手機螢幕上顯示著一個地址。儘管心裡有很多疑問，咖啡也還沒喝完，我還是馬上起身告別，決定過去看看。

看到我這麼做，店長露出滿意的微笑。

✤

我照著店長給的地址來到一個住宅區。

這裡有好幾排外觀與高度完全相同的公寓大樓，如果不看設置在路口的號碼牌，我相信任何人進到裡面都一定會迷路。

就我所知，絕大多數的國民都住在這樣的地方，地下停車場也都停著幾乎沒有分別的車子。

這些公寓都是提供給公職人員居住的宿舍，徹底體現了這個國家的平等至上主義。

我在這裡繞了好幾圈，才終於搞懂這些公寓大樓的編號規則，找到店長告訴我的地方。

眼前的大樓沒有任何特別之處，就只是許多家庭生活的地方。

終於找到這裡讓我忍不住感嘆。

「這裡就是佳歆的家嗎？」

店長沒有這麼告訴我。佳歆也沒有。這純粹是我的推測。

仔細想想，我對她幾乎一無所知。因為她從來不說自己的事情，而我也不打算過問。身為一個過去經歷過許多事情的人，這就是我尊重別人的方法。

不過，我總覺得我們也到了該好好面對彼此的時候。

下定決心之後，我走到大樓門口旁邊，按下那間公寓的門鈴。

「奇怪？怎麼沒有反應？」

那間公寓在七樓，我不可能聽得到門鈴聲，但對講機一直毫無反應，門鈴按鈕也沒有發光，感覺像是早就被停用了。

「……店長該不會是要我的吧？」

正當我開始感到懷疑時，大樓的門突然打開，佳歆走了出來，跟我四目相對。

「……明仁，你怎麼會在這裡？」

她稍微愣了一下，但很快就想到答案了。

「……是不是那傢伙告訴你這裡的？」
「我不知道妳說的那傢伙是誰，但我是從認識的咖啡廳店長那邊得知這個地方。」
佳歆露出複雜的表情，最後重重地嘆了口氣，重新轉身把門打開。
「……這裡不方便說話，我們去裡面說吧。」

✣

我跟著佳歆來到位在七樓的一間公寓。
這間三房兩廳的住家似乎早就沒人住了。雖然看得出來有人在定期整理，卻找不到任何有人在此生活的跡象。
進到客廳之後，她拉了兩張摺疊椅過來，跟我一起坐下。
我還來不及問話，她就先一步開口了。
「我勸你以後最好少跟那傢伙碰面。他是個危險人物，只是把自己隱藏得很好。」
「妳是說店長嗎？他到底是妳的什麼人？」
「仇人。」
佳歆伸手撫摸自己的左臉，冷冷地這麼說。
「除此之外什麼都不是。」

我從來不曾見過這樣的她，一時之間不知道該如何是好。她臉上閃過一絲後悔，還稍微縮起了身體。

她突然變得很嬌弱，讓我想起自己來此的目的。

「這裡是妳家嗎？」

「以前是，但我現在跟外公住在一起。今天只是回來整理一下。」

「這樣啊……」

我點了點頭。佳歆輕輕咬住下唇，繼續說了下去。

「不過，這不是我今早拒絕你的原因。就算沒有要做這件事，以後也不會再跟你出去了。」

「為什麼？」

「我今天早上就說過了，因為我覺得那樣對我們兩個都不好。」

「如果妳是擔心會被別人發現，我們可以去更遠的地方碰面。」

「跟選舉無關。」

「不然是跟什麼有關？」

「……我不能說。」

她的回答還是跟早上一樣，但這次我不打算輕易退縮。

我說出自己思考了半天後的結論。

「是不是跟小春有關？」

聽到我這麼說，佳歆的表情明顯出現變化。
她動搖了。我沒有放過這個機會，繼續說了下去。
「我聽說她昨天哭著回到寢室，還傳訊息拜託妳幫忙關心，然後妳今天就改變對我的態度。不管我怎麼想，這件事都跟她脫不了關係。如果妳不願意說，那我只好自己去問她了。」
「……慢著，我說就是了。你不要去找她。」
佳歆憂鬱地看向窗外，還摸了摸左手腕上的繃帶。
「她昨天從趙同學那邊聽說我們的事情，跑來拜託我不要跟你在一起。」
「為什麼？她有告訴妳原因嗎？」
「因為……她知道談戀愛是很危險的事情，不想讓你遇到危險。還有很多重視你的人，我不能那麼自私。」
她的態度還是一樣堅決，我發現自己必須先問清楚最重要的事情。
「……佳歆，妳喜歡我嗎？」
「喜歡。早在你說自己不打算投票的時候，我就一直很在意你了。」
我總算聽到她的告白，但現場的氣氛一點都不浪漫，反而沉重到讓人胃痛。
因為她正緩緩拆掉臉上的繃帶。
我終於看到佳歆那張臉了。我原本以為會看到傷疤，但她臉上完全沒有瑕疵，美到讓我不敢相信。

「……我問你，你第一次看到我臉上的綳帶時，心裡有什麼想法？」
「……我猜想妳可能受過重傷，後來聽說妳去年發生意外，我就很自然地接受這件事了。」
「不過，有些人並不會這麼想，因為他們知道自殘是一種逃離選舉的手段。我曾經留級，身上還有明顯的傷痕，不知情的人很容易把票投給我。」
「……妳想死嗎？」
「這麼說並不正確。不過，我確實是故意要讓別人知道這件事，就算臉上的傷早就好了，我也要留下這件事曾經發生的證據。因為我不想輸給『民主』，不想為了保命扭曲自己。我想要光明正大地活著。」
佳歆再次撫摸自己的左臉。
「所以，我不能接受這種卑鄙的手段。」
「……我懂了。妳在去年差點當選，但某人故意弄傷妳的臉，讓妳脫離選舉，阻止了這件事對吧？」
「沒錯。那傢伙無視於我的意願，這是我對他的反抗。就算這麼做可能會招來自己的死亡，我也願意接受。」
我想起佳歆在初次班級選舉中得到的三票，就算其中一票是她自己的廢票，也還是有兩個人投票給她。我當時不明白為何有人要投票給她，現在總算懂了，而且我還發現了另一件事。

「……妳也痛恨『民主』嗎？」

「對。所以聽到你說不想投票的時候，我發現自己遇到同類，真的非常開心。後來知道你並不是隨便說說，那種強烈的決心也讓我很欣賞，然後我就……」

佳歆直到這時才終於臉紅，不敢把這句話說完。

不過，她很快就恢復正經的表情。

「小春還跟我說過你們的事情。她說你們是在親愛之家長大的孩子，那裡的院長個性溫柔，從小就告訴你們不能投票給別人。我也有著同樣的理念，所以才想要盡量幫助你們，以前輩的身分給你們建議。」

「原來如此……」

我算是搞懂佳歆的想法了，但我還有一個很想知道的問題。

「那……小春還有沒有跟妳說過其他事情？」

「其他事情？」

佳歆歪頭想了一下，但很快就搖了搖頭。

「……沒有了，她只跟我說過這些。」

「……是嗎？」

看來小春應該沒說出那件事，這個事實讓我鬆了口氣。

然而，佳歆的眼神反倒顯得有些不安。

該輪到我說出自己的真正想法了。

我輕輕抱住她的肩膀。

「佳歆，我也跟妳一樣，不想輸給『民主』，不想扭曲自己。如果妳能明白這種心情，就不該做出離開我的決定。」

「可是……」

「這個國家就是一團狗屎。讀書時有班級選舉和全校選舉，出社會以後也有公司選舉和社區選舉。如果出生在完整的家庭，甚至還得面對家庭選舉那種鬼東西。不管走到哪裡，我們都無法逃離『民主』，永遠都得過著提心吊膽的日子。」

我說這些話時的語氣沒有一絲絕望，讓佳歆用期待的眼神看著我。

「不過，一個選區要成立也是有條件的，至少要有三個人才行。也就是說，在這個世界上只有一種關係，永遠不需要投票給別人。」

佳歆似乎猜到我想說的話，臉變得更紅了。

「那就是情侶。在那個永遠不需要選舉的烏托邦，我只想跟妳在一起！早在初次見到妳的那一刻，我就做出這個決定了！」

聽到我的告白，佳歆直接抱住我，沒有多說什麼。

拒絕的理由可以很多，但只要在一起的理由更強烈，就足以戰勝一切阻礙。

就這樣，我跟佳歆在一起了。

當天晚上，我夢到了過去。

那是我國小時發生的事情。父親才剛死於選舉沒多久，我們甚至還沒領到政府頒發給遺族的獎章與補償金，母親就突然在我眼前倒下。

她雙眼無神，口吐白沫，身體不斷抽搐。完成任務的項圈自動解開，掉在她身旁的地板上。看到從項圈內部伸出的銀針，我心中湧出某種強烈的情感。

我從來不曾忘記當時的情感。

那種情感就是——

✤

後來，我們照常回到學校，假裝什麼事都沒有發生。

我目前唯一的煩惱，就只有該如何讓小春接受我跟佳歆的關係。

為了解決這件事，我在昨晚傳了好幾通訊息給她，但她完全沒有回我，讓我束手無策，只能暫時擱置這件事。

除此之外，一切都很美好。讓我對未來充滿了期待。

不過，那件事就在這時候發生了。

「阿凱……？」

隔天早上，我換上制服從宿舍裡出來，準備前往教室上課，卻發現阿凱站在教室門口動也不動。他臉色蒼白，身體微微顫抖。

我從他身後探出頭，發現教室裡只有一個人在。

那人就是羅同學。

她臉上也同樣寫滿疑惑，雙眼筆直盯著黑板。

我順著她的目光看了過去。

「啊……」

黑板上貼著好幾張白紙，每張紙上都只有一個字。雖然拆開來只會覺得莫名其妙，但把這些字連結在一起，就能拼湊出完整的意思。

「吾乃罪人之子，也是痛恨『民主』之人，虛假的面具與和平，總將在陽光之下現形……」

羅同學念出黑板上的神祕訊息。我的腦袋變得一片空白，完全無法思考。

阿凱慢慢轉過頭來，用難以言喻的眼神看向我。

我赫然發現不只是他，不知在何時來到教室的小武與香瑩，還有阿文和小春也都看著我。

來到教室的同學越來越多。阿凱他們很快就轉過頭去，裝出什麼都不知道的樣子。

同學們全都議論紛紛，某人在混亂中輕輕拉扯我的袖子。

即便沒有回頭，我也知道那人就是佳歆。

我能感受到她的不安，卻無法在這時候安慰她。

就在這一刻，我深深感受到自己昨天的決心有多麼無力。

第六章　罪人

我們班上發生的事情，很快就傳遍全校了。

選舉委員會甚至還特地派人過來調查。他們似乎把這件事視為一種政治行動，懷疑這個學校裡潛藏著激進的反「民主」分子。

那些紙都被選舉委員會的調查員當成證據帶走了。不過，因為紙張上的文字並非手寫，而是用電腦列印出來，想要藉此找到犯人並不容易。

這個國家表面上對各種政治思想採取開放的態度，但實際上卻不容許人民做出任何會影響到選舉結果的行為。因為我們都是高一新生，正處於接受「民主」洗禮的關鍵時期，也讓選舉委員會不得不重視這個事件。

這讓我們班今天直接停課，大家都被輪流叫過去問話。

我也一樣。

我原本還以為自己會是頭號嫌犯，但調查員只問了我昨天的行動，沒有針對我的身分提問。後來我才知道，很多反「民主」分子都會在各種地方散佈這種訊息，主要目的是宣揚自己的政治理念。也許就是因為這樣，選舉委員會也不認為犯人在我們這些學生之中，只把我們當成證人看待。

當調查員終於完成調查，在最後一堂課離開學校時，大家都鬆了口氣。

不過，事情並非就此結束。

李老師派羅同學傳話給我，要我在放學後過去找他。

我按照約定來到操場旁邊的花圃。

老師沒有放下手上的澆花器，假裝成跟我閒聊的樣子。

「葉同學，你知道我為何找你過來嗎？」

「……不知道。」

「你真的連一點頭緒都沒有？」

「……沒有。」

聽到我這麼說，老師揚起嘴角。

「你不需要隱瞞，我早就知道你們的祕密了。葉明仁、張博凱、朱曉春、趙香瑩、許彥文、黃武雄……你們六個都是育幼院出來的孩子，也就是人們口中的『罪人之子』對吧？」

雖然心臟跳得很快，但我還是努力裝出平靜的樣子。

「……你是我們的班導，知道這種事也很正常，我不需要隱瞞你。」

「不，你錯了。就算我是班導，學校也不會告訴我這種事。為了保持選舉的公平性，政府會把你們這種孩子安插在同一個班級，還會極力隱瞞你們的身分。以前可不是這樣。當時只要有人出身自育幼院，就會成為大家投票的目標，死得莫名其妙。你知道這是為什麼嗎？」

「……因為大家都想要自保，想要一個投票給別人的藉口，所以才會創造出這種毫無道理的歧視。」

「沒錯，你真的很聰明。」

老師輕聲笑了出來。

「不過，我也不會輸給你。我知道學校會把來自育幼院的學生編到同一個班級，卻不知道那些學生就在自己班上。我是憑著自己的智慧與觀察力，推測出這個事實。」

「……你是怎麼發現的？因為上次在車站遇到我和小春嗎？」

「不是。雖然那邊有很多育幼院，但這不代表每個在那邊長大的孩子都是孤兒。別忘了，那邊也是我的老家。」

老師放下澆花器，在花圃旁邊坐了下來。

「是因為態度。你們幾個不像其他人一樣，沒有從一開始就心懷畏懼。如果是在一般家庭長大的孩子，在入學之前就會被自己父母教育，努力做一個不那麼顯眼的平凡人，但你們正好相反，每個人的眼睛都閃閃發光，跟其他那些死魚不一樣。」

「……你特地叫我過來，就只是為了說這個？」

「葉同學，我記得你曾經說過自己不打算投票。可以告訴我理由嗎？」

老師沒有回答我的問題，自顧自地這麼問道。

「……我只是討厭選舉罷了。」

「是討厭？還是痛恨？」

「……老師，你這是在歧視自己的學生嗎？」

「回答我的問題。」

老師這句話有種不由分說的魄力，讓我冷汗直流。

「……是討厭。我能體會當選者家人的痛苦，不想把同樣的痛苦加在別人身上，就只是這樣罷了。」

「呵呵……」

聽到我的回答，老師發出冷笑。

我不知道他的笑聲是什麼意思，只能呆立在原地，過了好久才等到他的下一句話。

「葉同學，謝謝你回答我的問題。你放心，我找你過來不是為了今天早上的事情。我身為一位教育者，只是想要更瞭解自己的學生罷了。你可以回去了。」

「……我知道了，老師再見。」

我轉身就走，但我知道老師一直盯著我的背影，即便我穿越操場來到宿舍門口，還是能隱約感覺到那股視線。

✤

因為全校師生在事發當天都繃緊了神經，讓我們六個人直到第二天才有機會聚在一起。地點當然還是園藝倉庫。

我跟小春率先來到這裡，但我們都沒有說起佳歆的事情。她應該也明白現在得先解決更重要的問題，才會故意保持沉默，而我也不知道該跟她說些什麼，就這樣白白浪費掉這段時間。

不久後，阿凱也帶著香瑩與小武一起出現，但就算成員變多了，倉庫裡還是沒有人說話。現場氣氛沉重到了極點。

唯一值得慶幸的事情，就是阿文沒讓我們等太久。

「嗯，大家都到齊了。」

阿文踏進倉庫之後，阿凱立刻把門關上，露出滿意的微笑。

「不管發生了什麼事情，只要我們還能像這樣聚在一起，就一定會有辦法解決。」

那是他發自內心的笑容，這句話也絕對不是隨便亂說，證據就是我們至少已經撐過三個月了。

現場的氣氛似乎緩和了許多，但大家都知道這只是暫時的。

「……希望如此。」

香瑩說得很無奈，小春努力擠出笑容。

「雖然我很沒用，但我對你們很有信心。我也相信我們不會有事。」

「說得好。不過妳說錯了一件事。妳不是沒用，妳的樂觀與開朗一直都是我們最重要的力量。」

小武對著她豎起拇指，小春不知為何默默低下了頭。阿文重重地嘆了口氣。

「……你們幾個還是一樣天真，我們現在可是遇到大麻煩了，難道你們毫無自覺嗎？」

沒有人回答這個問題，但大家的表情說明了一切。

班上的氣氛變得很奇怪，而且不是只有我發現這件事。

阿凱代替眾人說出內心的想法。

「……要是有人發現我們的身分，我們大概會直接被當成貼出那些訊息的犯人，被選舉委員會的人抓走吧。」

「那樣還算是好結果了。要是我們沒被抓走，說不定會變成班上同學投票的目標。」

「不是說不定，那種事一定會發生。」

香瑩否定小武的推測，繼續說了下去。

「我最近慢慢搞懂大家投票的原理了。我敢保證，只要那個留下神祕訊息的人被抓到，大家一定會投票給他。我覺得這人的出現對我們反倒是件好事。」

「……那也要某對笨蛋情侶別再到處亂放閃才行。放假跑去車站前面的百貨公司約會是想要找死嗎？」

阿文冷冷地這麼說，轉頭瞪了小武與香瑩一眼。

香瑩不太高興地別過頭去。

「拜託，你到底要記恨到什麼時候？我們又不是故意要刺激你的，誰知道你剛好在那裡……」

「妳少臭美！我早就不喜歡妳這個自戀狂了！我只是不想看到你們這兩個笨蛋死掉！」

阿文忍不住加大音量，還把這股怒氣發洩到小武身上。

「小武！你也是！不要什麼都聽她的！你要把保護她擺在第一位！」

「……嗯，我會的。謝謝你為我們擔心。」

小武沒有反駁，而且還露出了微笑。阿文尷尬地搔了搔臉頰，但也沒有逃避小武的視線。這讓我覺得他們兩個的心結或許沒有那麼嚴重。

阿凱微微揚起嘴角，似乎是感到有些欣慰，但他很快就重新皺起眉頭，對著大家說出自己的意見。

「我們說回正題吧。先不管這人的出現到底是壞事還是好事，你們不覺得我們應該先弄清楚一件事嗎？那傢伙到底是什麼人？只要能查出他的身分，把人交給選舉委員會，這個問題就解決了不是嗎？」

「……對喔。只要那個人被抓到，大家就不會懷疑到我們身上。阿凱，果然還是你最聰明了！」

小春興奮地叫了出來，但阿文很快就潑她冷水。

「可是，妳確定那傢伙不是我們之中的某人嗎？」

聽到他這麼說，大家都陷入沉默，同時往我這邊看了過來。

我知道大家都在懷疑我，也知道他們懷疑我的理由。

「……那不是我幹的，我沒理由做那種事。」

「不過，我發現你今天特別安靜。如果你知道些什麼，也可以說出來讓大家參考看看。」

阿凱如此提議。我還來不及開口，小春就代替我做出回答。

「阿凱，你誤會了。他只是在想女朋友啦。」

她面帶笑容，但眼神中毫無笑意，讓我冷汗直流。

香瑩與小武也都一臉尷尬，只有阿凱與阿文露出驚訝的表情。

阿凱衝到我面前，抓著我的身體使勁搖晃。

「阿仁！真的有這件事嗎？你什麼時候交女朋友了！」

「那個人是誰？我們也認識嗎？」

「這個嘛……」

阿凱與阿文急著想要知道答案，但我不知道該不該實話實說。

可是，我的煩惱是多餘的。

因為有人代替我回答了。

「是真的，那是前天的事情。對方是我們班上的白佳歆，神祕的高冷美少女。原來阿仁喜歡那種溫柔的大姊姊呢，我真是太晚發現這件事了。」

小春說得很開心，但我完全笑不出來。

因為這些話語中的尖刺，讓我聽得很不舒服。

阿凱與阿文的興奮也瞬間冷卻下來，一臉尷尬地輪流看向我和小春。

大家都不敢說話，只有小春說個不停。

「不過，你們不覺得這個巧合很可怕嗎？阿仁才剛交到女朋友，隔天就發生了那種事情……阿仁，你是不是曾經告訴她什麼啊？」

「……佳歆不是那種人。」

我拚命壓抑著怒火。即便感受到我的憤怒，小春也不打算閉上嘴巴。

「阿仁，我也很想相信佳歆。可是，如果那件事不是我們之中的某人做的，那她就是最有可能的人了吧？你想要相信我們這些家人，還是認識不到半年的女朋友？」

我一句話都說不出來。不是因為不知道該說什麼，而是氣到說不出話。

我沒想到小春會挑在這種時候跟我吵架，把大家都捲入這件事。

我氣她的不成熟，也恨自己的不中用。

「夠了！」

就在我快要爆發的時候，某人大喊一聲。

那人就是阿凱。

他站了出來，擋在我和小春中間。

「小春，我明白妳的心情。最近發生了許多事，妳現在心裡一定很亂。今天就討論到這裡吧，大家先回去冷靜一下。我們先不要懷疑自己人，至於白同學那邊，我也會去了解一下。」

阿凱做出了結論。因為沒有人提出異議，這場會議就此宣告結束。

小春在香瑩的陪同下先行離開，小武與阿文也很快就跟著走出倉庫，只有我跟阿凱還留在這裡。

多年來的默契讓我們做出這樣的行動，我知道他有些話想要單獨對我說。

「……阿仁，我們可能需要談談。」

面對這個要求，我沒有拒絕的權利。

✣

確認大家都走遠之後，阿凱轉頭看向我，重重地嘆了口氣。

「……你這人也真是離譜。明明知道要警告小武與香瑩，叫他們千萬不能讓戀情曝光，結果自己竟然跑去交了個女朋友，我真不知道該怎麼說你。」

「抱歉，我就是控制不住自己。」

「……我可以問你幾個問題嗎？」

「你說吧。」

「你女朋友……白同學有可能是貼那些紙的犯人嗎？」

「不可能。」

「原因呢？」

「她週日那天都跟我在一起，根本沒時間去教室裡貼那種東西。我可以作證。」

「整天嗎？」

「也不是。不過我還沒中午就到她家了，之後我們一直待在那裡，直到宿舍門禁時間結束前的最後一刻才回到學校。你也知道吧？門禁時間結束之後就不能再踏出宿舍一步。除非她週日一大早就到教室貼了那些東西，否則她根本沒有時間，但有不少人在週日中午去過教室，也都沒有看到那些訊息，所以佳歆絕對不是犯人。」

阿凱低頭想了一下，不知為何突然臉紅。

「那⋯⋯你們是單獨在一起嗎？你們當時都在做些什麼？」

「⋯⋯關你屁事，那是我們兩人的祕密。」

「你就不能滿足一下我的好奇心嗎？」

我一拳捶在他的手臂上代替回答。阿凱抱著手臂蹲了下去，眼角泛著淚光。

「哼，你不說就算了，反正我大致想像得出來。」

「不准想像。」

我又捶了他一拳。阿凱一邊揉著紅腫的手臂，一邊露出苦笑。

「唉，我總算知道小春剛才為何控制不住自己了。我記得她還跟白同學住在一起，真是太可憐了。」

「可憐？」

「是啊。我猜白同學應該是在當天回去之後，就把你們的事情告訴小春了吧。我想像得到的事情，她一定也想像得到，這樣還不夠可憐嗎？」

「……我不懂你的意思。」

聽到我這麼說，阿凱一腳踢在我腿上。

這次換成我蹲了下去。阿凱大聲叫了出來。

「笨蛋！小春喜歡你啊！結果你竟然這樣傷她的心！到現在都不懂自己做錯了什麼！」

他又接著補了好幾腳。我的腦袋一片混亂，根本顧不得喊痛。

因為這件事對我來說就是這麼震撼。

我知道小春很黏我，但我還以為那只是手足的情誼，從沒想過她對我抱持著那種感情。

想到自己對她造成的傷害，我就無法繼續生她的氣。

「……抱歉。」

我勉強從口中擠出這句話。阿凱總算氣消，不再繼續踢我。

「這句話你留著對小春說吧。」

「我會的。」

「不過……」

阿凱突然皺起眉頭，露出異常嚴肅的表情。

「看來我們最近得盯著小春才行。」

「盯著小春？為什麼？」
話才剛說出口，我立刻想到答案。
「你在懷疑她？」
「對。」
「為什麼？」
「……我有根據。不過，那還不足以當成證據。反正我會負責盯著她。因為從我房間剛好可以看到女生宿舍的門口。如果她還想幹出什麼傻事，我會負責阻止。」
阿凱做出這樣的結論。他的表情充滿信心，讓我決定把這件事交給他處理。
不過，這也是因為我實在不知道該怎麼面對小春。

✤

後來，我收到香瑩傳過來的訊息。
她沒說太多，只說她跟小春聊了很久，事情都搞定了，叫我不用擔心。
我並非不相信她，但我還是需要跟佳歆談談。
隔天放學後，我們照著過去的習慣一起來到文藝社社辦，但沒有跟以前一樣面對面坐下，而是並肩坐在一起。

我們沒有談情說愛，只能聊些讓人心情沉重的話題，尤其是關於小春的事情。

「所以，早在我們回學校之前，妳就傳訊息向小春道歉了嗎？」

「對。」

「那她當時是怎麼說的？」

「她什麼都沒說，讓我很擔心，想要早點回去看看她的情況，可是……」

佳歆突然臉紅，用懷恨在心的眼神看了過來。

「偏偏有人就是不肯放我走。」

「抱歉……不過，妳當時為何不說出小春喜歡我的事情？那才是她要妳離開我的真正原因吧？如果妳早點告訴我，我們也許就能把這件事處理得更好。」

「因為……」

佳歆別過頭去，小聲說道。

「我也怕你會改變心意啊……」

她難得表現出這樣的一面，讓我忍不住緊緊抱住她，過了好久才依依不捨地放開。

「那……妳現在放心了吧？」

「嗯……」

佳歆輕輕點頭，我也清了清喉嚨。

「那這件事就到此為止。妳覺得犯人是誰？」

「……不知道。因為任何人都有可能留下那種訊息。我們只是碰巧知道班上有罪人之子，才會很自然地懷疑犯人是知情人士。如果站在其他人的角度，這件事根本沒辦法說明什麼，因為犯人可能只是胡說八道。其實你們不需要想那麼多，選舉委員會的辦案方向是正確的。」

「……有道理。」

「而且如果犯人是知情人士，也就是你們六個之中的某人，那也很不合情理。因為犯人等於是主動讓自己置身於險境。」

「不過，如果犯人是小春，那一切就說得過去了。在我們開會討論的時候，她一直說妳可能是犯人。如果她是在生我們兩個的氣，也不是不可能這麼做。這應該也是阿凱懷疑她的原因。」

「可是……」

佳歆露出難過的表情。她跟小春原本是好朋友，而且還是室友。光是感情問題，就讓她們兩人陷入冷戰了，要是又得互相懷疑，日子應該會很難過吧。

不過，小春在時間上確實有可能犯案，也不是沒有動機，所以我還是必須考慮到這個可能性。

「……犯人有沒有可能是其他知情的人？還有別人知道班上有罪人之子嗎？」

聽到佳歆這麼問，我的腦海中立刻浮現出某人的臉孔。

「……有。李老師也知道這件事。」

「李老師？你確定？」

「確定。我是聽他親口說的，絕對錯不了。」

「可是，他跟你們無冤無仇，應該沒有這麼做的動機吧？」

「這可難說。我總覺得他很奇怪，腦袋裡不知道在想些什麼，也許可能性並不是零。」

「……就我所知，學校的教職人員也算是一種公職。如果一個老師負責的班級有太多學生當選，選舉委員會就會認定校方的『民主』教育做得不好，要求校方提出反省報告，對失職的相關人員進行懲處。我不認為李老師會拿自己的前途開玩笑。」

我無法反駁這些話，只能陷入沉默。

佳歆繼續說了下去。

「我還是認為犯人是激進的反『民主』人士，這純粹是個偶發事件。我覺得你們還是先不要想太多，靜觀其變才是上策。除非……」

「除非什麼？」

「除非同樣的事情再次發生。」

佳歆做出這樣的結論。結果這句話後來也成真了。

✤

下個星期的週一早上，學校餐廳的門口再次出現神祕訊息。

我們六個人也在當天緊急集合，地點同樣是園藝倉庫。

「……你們有誰親眼看到這次的訊息嗎？」

面對阿凱的問題，阿文舉起了手。

「我看到了。我今天很早起床，想要早點去餐廳吃飯，結果就讓我看到了。現場當時還只有十多個學生。」

「上面寫什麼？」

因為校方這次很快就採取行動，馬上派人收掉那些紙張，也讓絕大多數的學生沒機會看到那些訊息。

阿文稍微猶豫了一下，但最後還是緩緩說道。

「……親愛的六人分道揚鑣之日，就是罪人之子誕生之時。」

大家都倒抽了一口氣。

因為這次的訊息太明顯了。

大家都看向彼此，眼神中滿是狐疑。

但那也只維持了一瞬間，因為阿凱很快就說話了。

「……看來犯人就是在針對我們。」

「好像是呢。太好了，這就代表我們六個都不可能是犯人了。因為我們不可能陷害自己，這不就是大家之前推理出來的結論嗎？」

小春笑著這麼說，但其他人全都笑不出來，也都無話可說。

「雖然這確實是個麻煩，但只要我們之中沒有叛徒，大家團結一致，就沒有過不去的難關，這也是院長的教誨呢。」

就算聽她提起院長，大家也還是不為所動。

因為小春實在太反常了，我甚至懷疑她是個冒牌貨。

眼見我們都不說話，小春轉頭看向我。

「阿仁，很遺憾。看來你女朋友真的有點問題。我最近會幫你盯著她的……就像阿凱對我做的那樣。」

雖然阿凱努力保持平靜，但他額頭上冒出的冷汗還是說明了一切。

這讓小春徹底掌握了主導權，也讓這場會議只能草草結束。

✤

離開園藝教室之後，我立刻前往文藝社社辦。

佳歆早就來到這裡，一邊看書一邊等我回來。

「情況如何？」

「糟透了。」

我如此回答，把剛才發生的事情全說出來，最後忍不住抱怨一句。

「可惡！香瑩竟然還敢跟我說沒問題，小春的心結根本就沒解開吧！」

「也許她只是還需要一點時間……」

「不，如果時間就能解決，她剛才就不會那樣出言挑釁了。我從小跟她一起長大，但我從未見過她這樣，看來她這次真的氣瘋了。」

正當我為此煩惱時，某人敲響社辦的門。

我直接把門打開，阿凱立刻鑽了進來。

我早就知道他要來這裡了。

「阿凱，剛才真是辛苦你了。」

「哈哈……」

他知道我在說什麼，忍不住苦笑兩聲。

「看來我不太適合當個情報人員呢，虧我還曾經想著將來要到選舉委員會裡工作。」

「恭喜你不用成為政府的走狗。」

我輕輕拍了拍他的肩膀。

佳歆也幫他拉了張椅子。

「請坐。」

「謝謝。」

阿凱尷尬地搔了搔頭髮，然後就坐了下來。

我迫不及待地問道。

「阿凱，結果你到底是怎麼監視小春的？」

「其實也沒什麼。從我房間看出去，剛好可以看到女生宿舍的大門，我又碰巧有一支望遠鏡。我只是多花點時間注意從大門出入的人罷了。」

雖然我很想問清楚那支望遠鏡平時的用途，但最後還是決定保全他的顏面。

「……這樣真的有用嗎？你總不可能隨時盯著大門吧？」

「當然不可能啊。再說我也沒那麼傻。為了掩人耳目，犯人一定會選在晚上或清晨行動，而且必定是選在星期日晚上或星期一早上。因為那是全校學生都有嫌疑的時段，我只需要在那段時間專心監視就行了。」

「原來如此……」

「我先前會懷疑小春，就是因為碰巧看到她在上週日晚上離開宿舍。不過……」

阿凱突然皺起眉頭，顯得有些困惑。

「她這週日晚上回到宿舍之後，就再也不曾離開了。週一早上也很晚才出門，至少也是在那些神祕訊息被人發現之後。」

「結論就是……小春完全沒有嫌疑了嗎？」

「不，她也有可能在半夜偷偷溜出宿舍。我會過來這邊找你們，也是為了確認這件事。」

阿凱看向佳歆。佳歆知道他想問什麼，輕輕搖了搖頭。

「……雖然我不是那種睡眠很淺的人，但我睡在下鋪，如果她半夜下床，我應該會發現才對。更何況宿舍裡也有舍監，想要在半夜溜出去並不容易。」

聽到佳歆這麼說，我們三人面面相覷，只能接受這個結論。

犯人不是小春。

雖然還有個問題，那就是小春怎麼知道阿凱在監視她，但在這個結論面前，繼續追究下去已經毫無意義。

✣

自從第二封訊息出現之後，我發現大家都開始懷疑佳歆了。

不光是阿凱，小武與香瑩在我面前也表現出有所顧慮的樣子。

我還曾經撞見小春跟其他人一起從園藝倉庫裡走出來。

他們五人偷偷開會，把我排除在外。

到了週日那天，香瑩與小春還把佳歆約出去，說要跟她一起去逛街。

至於其他三個男生，則是待在學校裡沒有出去，問他們要做什麼也不說。

我知道他們五個有何企圖，兩個女生負責盯著佳歆，三個男生負責監視校內，但這不是因為把佳歆當成犯人，而是為了要證明她的清白。

這讓我決定放著這件事不管，去做另一件早就想做的事情。

我再次來到那間門可羅雀的咖啡廳。

「歡迎光臨！」

一看到我出現，店長立刻帶著親切的笑容走過來。

我二話不說就揮出拳頭。

店長沒想到我會這麼做，臉上結結實實地挨了我一拳，整個人往後倒在地上。

我低頭俯視著他，冷冷地說出這句話。

「……這一拳是我幫香瑩與小武揍的。」

店長默默地擦去嘴角的鮮血，用銳利的眼神看了過來。

不過，他很快就裝出一副可憐兮兮的樣子。

「阿……阿仁，你怎麼突然打人？我不懂你在說些什麼。」

「別裝蒜了，你就是佳歆的父親對吧？」

聽到我這麼說，店長陷入沉默。

「你曾經說過自己把某種液體撒在佳歆臉上，還跟我說過自傷可以逃離選舉的事情，而佳歆當初就是因為某人弄傷她的臉才得以逃離選舉。只要把這兩件事連在一起，答案就很明顯了。你就是弄傷佳歆，幫助她逃離選舉的人。為了救她一命，你甚至不惜違背她本人的意願，讓她對你懷恨在心，天底下就只有父母會做出這種傻事。」

店長還是沒有說話，只稍微瞇起了眼睛。

我繼續說了下去。

「發現這件事之後，我立刻想起我們當初在這裡討論選舉對策的事情，你當時故意在我們面前說佳歆的壞話，建議香瑩把頭髮剪掉，害她成為眾人投票的目標。為了救她，小武也只能故意在班上扮演壞人，幫她平分票數，隨時都有可能當選。這一切全是因為你的自私。為了保護女兒，你故意陷害香瑩。這就是我剛才揍你的原因。」

「呵呵……」

店長小聲笑了出來，然後無奈地聳聳肩膀。

「這也不能怪我吧？誰叫我那個女兒這麼不聽話，我費盡苦心才成功讓她停學，但她就是不肯領情，整天只想繼續拿自己的命開玩笑。既然這樣，我也只能另外想辦法保護她了不是嗎？」

店長從地上爬起來，努力擠出笑容，對著我伸出左手。

「你好，葉明仁同學。我叫白致遠。請多指教。」

正當我還在猶豫，低頭看向那隻手時，白致遠揮出右拳，重重地打在我臉上。

「嗚……！」

我倒在地上。白致遠沒有就這樣放過我，又接連往我身上踹了好幾腳。

「可惡的臭小子！我都還沒教訓你，結果你竟敢先出手打我！別以為我不知道你那天幹了什麼好事！我只是要讓你過去安慰她，可沒有要你做到那種地步！」

聽到他這麼說，我體內突然湧出一股力量，雙手抱住他踢過來的腳，把他摔倒在地上。這次換我騎到他身上，對著他的臉一陣猛打。

「說！你到底知道什麼！又是怎麼知道的！」

「我不想說！也不想回憶！只想打死你這個臭小子！」

我們就這樣扭打在一起，打了好久才終於分開。

最後，我盤腿坐在地上，他找了張椅子坐下，我們依然緊盯著對方，但誰也沒有開口說話。

不知道過了多久，白致遠率先打破沉默。

「……是竊聽器。我在我們的舊家裝了竊聽器，才會知道佳歆在那天過去打掃，還有你對她幹的好事。」

說著說著，白致遠流下了不爭氣的眼淚。

我不由得臉頰發燙，只能心虛地這麼說。

「你沒事在自己家裡裝竊聽器做什麼？監視自己的女兒嗎？」

白致遠沒有直接回答，而是從懷裡掏出某樣東西對準我。

那是一把手槍。

我還來不及思考那東西是真是假，他就把手槍放回懷裡了。

「因為工作上的需要。我是選舉委員會的調查員，很多反『民主』分子把我當成眼中釘，我需要做些措施才能保護自己跟女兒的安全。看來佳歆也沒有告訴你這件事。也對，畢竟她連我的名字都不想提起。」

白致遠露出苦笑，但我現在可沒有心思同情他。

「你是……選舉委員會的調查員？」

「沒錯，咖啡廳店長只是我表面上的身分。這間咖啡廳總是沒人上門，卻還是有辦法經營，難道你都不覺得奇怪嗎？」

「……我懂了。你說話那麼惹人厭，也是故意要趕走客人對吧？」

「對。因為要是店裡生意太好，很可能會妨礙到我的正職。不過你們幾個還是很喜歡過來，其實我挺開心的。」

白致遠露出微笑，看起來不像是演技。

「……我想問你一個問題。佳歆為何那麼討厭『民主』？」

「你不敢當面問她嗎？」

「嗯，我總覺得那是不能踩的地雷。」

「算你聰明。那確實是她最不願提起的事情。」

白致遠拿出香菸，直接在店裡抽了起來。

「因為她母親就是死於選舉。那件事讓她痛恨這個國家，還有我這個政府的走狗。」

「你是說……」

「沒錯，其實她跟你一樣，都是父母死於選舉的罪人之子。只是她比較好運，我這個爸爸還活著，才沒有被育幼院收養。不過，因為她太討厭我了，所以最後還是選擇跟外公一起生活。」

「原來佳歆也是罪人之子……」

這讓我想起學校最近發生的風波。

白致遠似乎看穿我在想什麼，直接說出我現在最想聽到的話。

「放心吧。你們學校裡最近發生的事情，絕對不可能跟佳歆有關。她是個單純耿直的女孩，不會做那種拐彎抹角的事情。」

「你也知道那件事？」

「廢話。我可是選舉委員會的調查員，而且那個事件的負責人就是我。」

「可是，我沒在當天來學校的調查員之中看到你……」

「你有看過當主管的人跑到第一線打雜嗎？別把我跟那些底層人員相提並論。」

「想不到你還是個大人物啊……」

「是啊，我可是很偉大的。」

白致遠挺起胸膛，再次把手伸進懷裡，害我緊張了一下。

他沒有掏出手槍，而是拿出手機。

「臭小子，我們交換一下聯絡方式吧。如果你有什麼發現，隨時都可以跟我聯絡。只要你能將功贖罪，我就原諒你對佳歆做出的事情。」

我別無選擇，只能答應這個提議。

因為我知道要是拒絕他，他下次拿出來的可能就不是手機了。

✣

隔天早上，那些神祕訊息又出現了。

這次是出現在體育館門口，而且同樣很快就被校方處理掉了。

我們六人再次聚集，照慣例來到園藝倉庫，討論關於那些神祕訊息的事情。

香瑩與小春昨天幾乎是整天都跟著佳歆，但那些訊息還是出現了。

我原本以為這樣就能證明佳歆的清白，但事實證明我太天真了。

「其實……我昨天晚上洗完澡回來的時候，佳歆不在房間裡面。」

小春怯怯地這麼說，讓所有人都倒抽了一口氣。

「我馬上就出去找她，但我怎麼樣都找不到人。當我回到房間裡時，才發現她已經回去了。」

「……這段時間大概有多久？」

「如果把我去洗澡的時間也算進去，大概四十分鐘左右吧。」

小春笑著回答阿凱的問題。

聽到她這麼說，其他人全都轉頭看向我。

阿凱一臉為難，小武與香瑩的表情也差不多。阿文眼裡只有無奈。

我不知道自己是什麼表情，只知道小春笑得更開心了。

「阿仁，她昨天晚上是不是去跟你見面？如果不是的話，那你就要小心點了。她可能交到新的男朋友了喔。」

我握緊拳頭，一句話都說不出來。

看到我的反應，阿凱嘆了口氣。

「……明仁，你還有什麼話要說嗎？」

「不是她做的！」

我激動地叫了出來。

「她沒理由陷害我們！」

「怎麼沒有？只要我們的身分曝光，就會變成大家投票的目標，這樣她就能高枕無憂了不是嗎？」

小春冷冷地這麼說，讓我忍不住瞪了她一眼。

「她不可能那麼做！要是她害怕死於選舉，早就把臉上的繃帶拿下來了！她臉上的傷早就好了！她繼續纏著繃帶，就是要讓大家知道她曾經靠著受傷逃離選舉！她要光明正大地面對這一切！」

「……莫名其妙。如果她真的那麼偉大，當初又怎麼會逃離選舉？你這些話根本自相矛盾。」

「一點都不矛盾！她不是自願受傷的！那是她爸爸擅自做的決定！」

我努力反駁小春的話，小武從背後按住我的肩膀。

「阿仁，冷靜點，這樣一點都不像你。」

「……你說得對，謝謝你。」

要是小武沒有幫我恢復冷靜，我差點就要說出佳歆也是罪人之子的事情了。

我試著深呼吸，腦袋瞬間變得清晰許多，很自然地想到該怎麼替她辯解。

「……對了，還有一個人也知道我們的事情。」

「真的嗎？」

阿凱驚訝地叫了出來，我點了點頭。

香瑩急著問道。

「那人是誰？」

「李老師。」

我說出李老師在神祕訊息第一次出現之後，把我叫過去問話的事情。
大家聽完這些話之後，也跟佳歆有一樣的反應與看法。
就只有小春從頭到尾都保持沉默。
最後，大家選擇相信我的話，決定先不急著做出結論，繼續觀察情況，然後就散會了。
回到房間之後，我收到阿文傳過來的訊息，裡面是一張照片。
照片裡，體育館的大門貼滿了白紙，每張紙上都只有一個字。
如果把那些字組成一段訊息，就會變成這樣——
「誰也無法制裁罪人之子，因為他才是這個世間的斷罪者。」

✣

當天晚上，我趁著陳少華去洗澡的時候傳訊息給佳歆，確認她昨晚的行蹤。佳歆說她洗完澡就直接回到房裡，而且當時小春也在場。結果小春根本沒有出去找人，今天開會時說的那些話全是謊言。
知道這件事之後，我陷入沉思。
總覺得我好像快要想通什麼了。
手機正好在這時響起，來電者的名字讓我皺起眉頭，但我最後還是接了起來。

「……找我有事嗎？」

「當然有。你應該沒去跟佳歆告狀吧？」

白致遠的聲音在耳邊響起，讓我挨打的臉頰再次隱隱作痛。

「放心吧，我沒有讓她知道你昨天幹的好事。她早上在教室關心我的時候，我告訴她這是在路邊被一個神經病打傷的。」

「……哼。我再警告你一次，你最好別讓她知道我們有聯絡的事情。她很敏感，要是知道這件事，肯定會懷疑是我對你動粗。」

「我知道，我也不想讓她以為我連個大叔都打不贏。」

「知道就好。」

這語氣聽起來像是準備要掛電話了。我突然想起一件事，趕緊出聲阻止他。

「慢著，我有問題要問你。」

「什麼問題？」

他好像很不耐煩，但也沒有掛我電話。

「你知道我們的班導嗎？他叫李進賢。我們學校發生這次事件之後，你們有調查過這個人嗎？」

「當然有。那些訊息第一次出現之後，他就接受過我們的調查了。他在事發前一天到外地出差，因為你們班上出事才急忙趕回來。他是清白的。」

「……是嗎？」

我失望地這麼說。白致遠不解地問。

「你懷疑他？」

「不，沒什麼。我只是隨便問問。」

隨便應付他幾句之後，我掛斷電話。

雖然有很多想不通的事情，但我心中有一種預感。神祕訊息肯定還會出現，而且我已經能大致猜到內容了。

✤

七天過去了。

神祕訊息果然再次出現，而且這次還是貼在園藝倉庫門口。

因為我故意提早起床，在第一時間衝出男生宿舍，才得以趕在別人之前找到這次的訊息。

在那些貼得歪七扭八的白紙上，印著工整的電腦文字。

「……罪人之子戴著面具，她那美麗的臉龐本身就是一種罪過。」

我念出這次的訊息，同時感到一陣頭暈目眩。

要是這種東西被人看到就糟了。

這段訊息證明了許多事情，但我的當務之急是銷毀這些紙張，不讓任何人看見。

因為這個週末就是班級選舉了。

這才是犯人真正的目的。

先告訴大家班上有個罪人之子，然後暗示某人就是做出這件事的犯人，引導大家把票投給那人。

我們之前都只顧著注意這些訊息，完全忘了選舉的事情。

幸好我有提早看穿犯人的意圖。

我趕緊撕下那些白紙，讓這件事變成只有我知道的祕密。

雖然當面的危機算是解決了，但我知道事情還沒有結束。

✣

神祕訊息沒有再次出現，讓我們大家都鬆了口氣。

不過，會為此緊張的人其實並不多。

雖然校方會盡快派人把那些訊息處理掉，但選舉委員會的人只有第一次發生時派人過來調查。那些官員似乎認為這只是某個學生的惡作劇，很快就失去了興趣。

就是因為這樣，犯人才能輕易留下這些訊息。

為了阻止這件事，我傳訊息給白致遠，而他也立刻在午休時間趕到學校。

我光明正大地走出校門。警衛完全沒有阻攔。

路邊停著一輛黑頭車，我想也不想就打開車門進到後座。

「東西呢？」

白致遠就坐在後座，劈頭對我這麼說，看起來十分心急。

一位美女姊姊坐在前面的駕駛座，對我輕輕點了點頭。

我也向她點頭致意，然後就從書包裡拿出今天早上回收的紙張。

白致遠立刻搶了過去，小心翼翼地把證據放進塑膠袋裡。

他戴著手套，還順便採了我的指紋，看起來有種辦案專家的樣子，讓我很不習慣。

「……你不是大人物嗎？怎麼會親自來處理這種小事？」

「廢話。這關係到我女兒的安危，當然要自己處理才放心。」

白致遠拿出我今天早上傳給他的照片，在我眼前輕輕甩了幾下。

「這種意圖使人當選的黑函，已經算是對選舉的破壞。我會加派人力，在你們學校裡加強巡邏，絕對不會讓犯人再次做出這種事。」

看到他這麼拚命的樣子，我嘆了口氣。

「……那你們怎麼不早點這麼做？」

「臭小子，你以為我們國家每年要舉辦多少次選舉？人力永遠不夠用，凡事都有輕重緩急。」

我懶得吐槽他，那位美女駕駛也在偷笑。

我突然想到一個問題。

「對了，如果那個發黑函的犯人被抓到會怎麼樣？」

「這個得視情節輕重而定，但刑責是免不了的。畢竟選舉的公正性是這個國家的重中之重，絕對不允許有人挑戰。」

「那……如果情節嚴重，犯人會被判死刑嗎？」

「不，那倒是不至於。如果情節嚴重，也頂多只會把犯人送去『民主』教育營。不過，我們選舉委員會很討厭遇到那種事情，都會特別『照顧』那種犯人，所以他們被判死刑說不定還比較幸福。」

「……這又是為什麼？」

「因為只要一個選區的選舉受到影響，通常就要做出許多調整，才能恢復該選區的選舉公正性。那會讓我們的工作量暴增，也會忍不住把這股怨氣出在犯人身上。」

白致遠做出割喉的手勢，讓我冷汗直流。

「原來如此……」

我不想讓白致遠發現自己內心的動搖，努力裝出冷靜的樣子。

「那這裡沒我的事了吧？我可以回去了嗎？」

「慢著。」

白致遠叫住我。

「既然這個犯人想要陷害佳歆，那對方很可能是你們班上的某人，你對此有什麼頭緒嗎？」

「……沒有。」

聽到我這麼說，白致遠瞇細眼睛。

「……哼，我就暫時當作是這樣吧。」

他對我輕輕揮了揮手，把我趕下車子，然後就揚長而去了。

雖然證據被拿去調查了，但我猜應該找不到犯人留下的指紋吧。

目送那輛車子離去之後，我轉身走進學校。

✤

放學後，我沒有前往文藝社社辦，而是獨自跑去園藝倉庫。

因為我跟某人約好在這裡碰面。

不過，即便約好的時間早就過了，對方還是沒有到來。

正當我打算放棄時，那人終於出現了。

「……阿仁，你找我有什麼事？」

小春打開倉庫的門，在門外怯怯地這麼問。

「妳不進來說嗎？」

聽到我這麼說，小春才走了進來，低著頭不敢看我。

確認她把門關上之後，我才緩緩開口。

「我今天早上來過這裡，結果又看到那些訊息了。」

「……是嗎？你跟我說這個做什麼？怎麼不是找大家出來討論？」

「我把證據交給選舉委員會的人了。他們說這種行為算是破壞選舉，還說要派人加強巡邏，要是犯人又做出同樣的事情，這次很可能會被逮捕。」

小春沒有說話，但臉色變得很難看。

我繼續說了下去。

「我不是偵探，不知道犯人怎麼瞞過別人的監視做出那種事，但我知道犯人的動機，也知道她原本是個善良的好人。至少我是這麼相信的，所以……」

我還沒把話說完，小春就流下眼淚。

「既然知道動機，你還是只有這些話要說？」

「……對。不過，我把她當成真正的親人，也很喜歡她那溫暖的笑容，只有這件事絕無虛假。」

小春再也沒有說話，就只是靜靜地哭泣。
我只能祈求事情到此結束。
然而，這個渺小的願望最後還是落空了。
因為我很快就收到阿凱傳來的訊息。
裡面只有一張圖片。
我立刻點開圖片。
以黃昏的圖書館為背景，許多照片散落在地板上。
就算沒有放大圖片，我也能認出那些照片裡的人。
那是小武與香瑩約會的照片。
照片旁邊擺著同樣的黑函，上面這麼寫著——
「沒有不受制裁的罪人，天平終將傾向一方。」
我趕緊轉過頭去，但小春也看著自己的手機，臉上寫滿驚訝與恐懼。
離班級選舉還有七天，「民主」給予我們的試煉才正要開始。

第七章　谷底

就結論來說，這封黑函的威力，遠遠超過我們的想像。

因為那些照片，小武與香瑩成了全校師生關注的焦點。

雖然校規與法律並沒有禁止學生談戀愛，但在這個「民主」至上的國家裡，那依然是大家默認的禁忌。沒有人會在自己所屬的選區裡發展男女關係，成年人都是透過婚友社或各種聯誼活動找尋對象，而且都會暗中進行，甚至連結婚都不敢讓人知道。

方老師當初就是因此而死。在高中裡談戀愛被人發現會有什麼下場，那位深受學生喜愛的社會課老師已經示範給我們看了。

更何況，小武與香瑩原本就是班上的討厭鬼，現在又被大家發現他們兩人的關係，原本還能勉強保持的危險平衡，很可能因此被打破。

這也讓大家在隔天開會討論的時候，情緒都特別激動。

「真的不是我幹的！我早就已經釋懷了！再說，就算我有理由丟出那些照片，也沒理由陷害白同學吧！」

面對眾人的質疑，阿文大聲為自己辯解。

「而且那些照片也可能害死香瑩，我沒事陷害自己喜歡過的女生做什麼！」

「誰說的！你也可能由愛生恨啊！你要對付我無所謂，但我不准你讓她遇到危險！」

「我沒有要對付你！為什麼你就是不肯相信我說的話！」

「我也想要相信你啊！你快點拿出證據不就沒事了嗎！」

「我怎麼可能會有那種東西啊！」

小武揪住阿文的衣領，阿文也不甘示弱抓了回去。兩人眼看著就要打了起來，阿凱與香瑩都忙著拉住小武。

我一直偷偷觀察小春的反應，但她也跟其他人一樣慌張害怕，看起來實在不像是演技。

就在我靜觀其變的時候，一聲巨響讓事情出現變化。小武揮出拳頭，把阿文打倒在地上。我知道阿凱一個人應付不來，立刻衝過去幫忙抱住小武。

「小武！你先別激動！阿文說的話也有道理！我們先想辦法度過這個難關再說！不能在這種時候起內訌！」

「走開！誰敢阻止我，我就連他也一起揍！」

小武使勁反抗，我和阿凱分別抱住他的雙手，卻完全阻止不了他，兩人都挨了他好幾拳。阿文也被他踹了好幾腳，忍不住哭了出來。

「嗚嗚……你竟然不相信我！難道我在你心目中就是那種卑鄙無恥的小人嗎！」

丟下這句話之後，阿文起身就跑，衝出園藝倉庫，再也沒有回來。

我跟阿凱都癱坐在地上，累得站不起來。兩個女孩也抱在一起哭泣。

小武一拳捶在牆壁上，拳頭流出了鮮血，但他毫不在意。

「可惡……事情為什麼會變成這樣……我怎麼會……」

「因為大家的精神都被逼到極限了……」

我說出這樣的結論。自從我們成為高中生，脖子戴上項圈之後，就一直都在為選舉的事情擔憂，早就快要撐不住了。

阿凱似乎也有同感，有氣無力地這麼說。

「誰叫我們不是出生在正常家庭，如果我們不是在育幼院長大，沒有被院長灌輸那樣的觀念，跟其他人一樣認清這個世界，早點放棄一切當個活死人，現在或許就不會這麼痛苦了吧……」

阿凱否定了院長的理念，但我們之中沒有一個人反駁他。

我也沒有。我跟他們五個人不一樣，就算我有繼續堅持的理由，也沒資格勉強他們。

我咬緊牙關站了起來。

「別放棄……我會想辦法的……我絕對不會讓任何一個人死掉……」

大家都轉頭看了過來，但誰也沒有抱持期望。

即便明知如此，我還是只能這樣催眠自己。

✣

我在隔天下午向學校請假，帶著佳歆來到校外，準備前往那間生意很差的咖啡廳。

對佳歆來說，這個決定並不容易。

因為她極度厭惡自己的父親。

不過，為了幫助小武與香瑩度過這一關，她甚至願意去向自己最討厭的人低頭。

在前往咖啡廳的路上，我們討論著這幾天發生的事情。

「小武與阿文這次真的鬧翻了，到現在都還沒和好。」

「我記得他們兩個是室友，這樣不是很尷尬嗎？」

「所以我先暫時讓小武住在我房間。」

「那你原本的室友呢？」

「我拜託他去阿文那邊睡了。陳少華二話不說就答應，因為他不想跟小武住在一起。」

「這樣啊……」

「妳那邊呢？小春最近怎麼樣了？」

「……不是很好，她好像很無助的樣子。我覺得她快要崩潰了，不過我也幫不上忙。」

「她對妳還懷有敵意嗎？」

「沒有，但她也沒有對我敞開心房。」

佳歆無奈地搖了搖頭。

「不過，她有一次好像想要跟我說些什麼，只是最後又把話吞了回去。」

「……是嗎？那就麻煩妳幫我注意一下了，如果她有什麼狀況就告訴我。」

「嗯……」

說到這裡，我發現目的地就快要到了。佳歆的表情也變得越來越憂鬱。

「放心吧。如果那個臭小子敢對妳亂來，我一定會揍扁他。」

我故意說出父親保護女兒的台詞，終於讓她笑了出來。

當我來到那間咖啡廳，推開那扇掛著鈴鐺的玻璃門時，我整個人都愣住了。

因為店裡被打掃得一塵不染，每一樣東西都閃閃發光。

白致遠穿著燕尾服在吧檯後面擦杯子，上次在黑頭車裡遇到的美女姊姊也穿著女服務生制服，在門口旁邊迎接我們。

面對這種最高規格的待遇，佳歆絲毫不為所動，一臉厭惡地走進店裡。

「歡迎光臨。」

美女姊姊把我們帶到店裡最好的座位，還立刻送上兩杯咖啡，而且都是佳歆愛喝的拿鐵，可見我的喜好並不重要。

一切都準備就緒之後，白致遠裝模作樣地走過來，在我們的對面坐下來，露出連我都覺得噁心的燦爛笑容。

「佳歆，妳終於來了。爸爸很想妳。」

白致遠對著自己女兒送上笑容，完全把我當成空氣，但佳歆還是沒有理他，同樣把他當成空氣。

「我們今天是來談正事的。如果你願意幫忙，她才有可能跟你說話。」

聽到我這麼說，白致遠皺起眉頭。

「臭小子，你想跟我談條件？」

「別怪我，我也只有這個籌碼了。」

白致遠發出咂嘴聲，心有不甘地瞪了過來。

「說吧，你要我幫什麼忙？先說好，如果你是要我抓到那個發黑函的犯人，我也只能盡力而為，無法保證一定會抓到犯人。」

「不是這件事，我想請你替我朋友解圍。」

「替你朋友解圍？」

「就是那些照片裡的男孩與女孩。他們原本就處在當選邊緣了，因為這次的事情，他們很可能會在下次選舉時當選……」

聽到這裡，白致遠似乎已經明白我的意思，用銳利的眼神看了過來。

「……你想要我幫他們用自殘的方法逃離選舉？」

「沒錯，佳歆都告訴我了。就算能靠著自殘成功休學，也還是需要選舉委員會的批准才能暫時脫離選區，所以……」

「不行。我拒絕。」

我還沒把話說完，白致遠就拒絕了這個要求。

「你把我當成什麼人了？我可是選舉委員會的人，你竟然要我幫別人逃離選舉？要不是看在佳歆的面子上，我早就把你抓起來了。」

「可是你上次明明就幫佳歆……」

白致遠重重地嘆了口氣。

「聽好，你搞錯重點了。我拒絕幫忙，不只是因為他們兩人與我無關，而是因為我根本幫不上忙。我沒有那麼偉大。」

他伸手指向牆邊的月曆。

「這種事需要時間。今天已經星期三了，就算他們兩個立刻砍斷自己的手，請醫生用最快速度開出診斷證明書，我也不可能在短短三天之內就幫忙辦好一切手續。你們太看得起這個國家的公務員了。就算有『民主』制度，也無法讓他們把事情辦得更快，這個國家已經用兩千多年的歷史證明這件事了。」

聽到他這麼說，佳歆眼裡閃過一絲絕望，但她還是低下了頭。

「……算我求你，他們兩個也是我重要的朋友。」

「……佳歆，如果我真的有那麼厲害，妳媽當初就不會死了。」

白致遠第一次在我面前顯露出內心的情感，我能清楚感受到那種悲傷與無力感。他迅速站了起來，就這樣轉身離開。

我和佳歆不知道該做何反應，只能靜靜地感受著絕望。

「……佳歆，我再跟妳確認一次。他們兩個這次真的不可能平安過關嗎？」

「對。因為只要其中一方死掉，另一方也會受傷。對於那些本來就討厭他們的人來說，不管誰當選都是一樣的結果，所以選票也會自然集中投給其中一方。而且在這種情況下，大家不知為何總是很有默契……」

「很有默契地投給票比較多的那一方是嗎？」

佳歆沒有說話。小武的身影與深藏在腦海中的那一幕重疊，讓我忍不住渾身發抖。

就在這時，那位美女姊姊走了過來。

她低頭看向佳歆，溫柔地這麼說。

「請妳不要太責怪那個人。選舉委員會裡同樣也有選舉，他上次也是賭上性命才能成功救到妳。」

佳歆稍微抬起了頭，因為這句話成了我們唯一的救贖。

✣

今天是星期四了。

我們就這樣在束手無策的情況下讓時間流逝。

不好的預感越來越強烈，但大家還是四分五裂。

雖然阿凱約大家到園藝倉庫商討對策，但也只有我過去那裡。

只有兩個人根本討論不出什麼。阿凱決定先讓大家團結起來，很快就跑去找阿文談心了。

他先一步離開之後，我也只好跟著離開。

我離開園藝倉庫，準備回到男生宿舍。

就在這時，我在操場遇到了某人。

那人就是李老師。他還是一樣忙著照顧那些花草。

看到我出現之後，他向我打了聲招呼。

「葉同學，你要準備回宿舍了嗎？」

雖然我不喜歡他，但我剛好也有些問題要問他，於是就走了過去。

「……老師好，你好像真的很喜歡花。」

「是啊。只要看到這些花朵，我就能忘記煩惱。葉同學，你要不要試試看？我看你最近好像很煩惱的樣子。」

老師揚起嘴角，把澆花器遞了過來。

「……不用了。老師，我想問你一個問題。」

「什麼問題？」

「你覺得最近出現在我們學校裡的黑函是誰發的？」

「你為什麼要問我這個？」

「因為我想借助你那出色的智慧與觀察力。」

我順便酸了他一下，但他絲毫不以為意。

「這我當然明白。我是想要知道你這麼做的理由，你為什麼要找出那個犯人？因為將來想要到選舉委員會工作嗎？」

「因為就跟你知道的一樣，我們班上有六個從育幼院出來的孩子，而且他們都是我的好朋友。那個犯人一直在暗示班上有罪人之子，還故意發出那種照片，嚴重威脅到我們的安全，我不想讓別人有不好的聯想，這就是我要找出犯人的理由。」

「嗯，很合理。不過……」

老師斜眼看了過來，眼神中滿是笑意。

「從育幼院出來的孩子，不見得就是罪人之子吧？」

聽到老師這麼說，我有種腦袋挨了一記重擊的感覺。

「就我所知，其實育幼院裡有很多孩子只是被父母遺棄，不然就是因為父母意外身亡，才會被人送到育幼院撫養。真正的罪人之子只是少數，而那個比例……」

老師稍微停頓了一下，定睛注視著我。

「我記得應該是五比一吧？在六個孩子之中，只有一個是真正的罪人之子。」

我突然覺得口乾舌燥，有種想要轉身逃走的衝動，但雙腿就是不聽使喚，一直抖個不停。

老師繼續說了下去。

「就算身分意外曝光，你們也能堅稱自己不是罪人之子，只要跟當初收養你們的育幼院拜託一下，就能拿到你們父母的資料。也就是說，你的擔心是多餘的。你應該擔心的是其他事情。」

「……什麼事情？」

「就是趙同學與黃同學的事情。根據我的經驗，在學校裡談戀愛的情侶通常都會當選。這個月死一個，另一個下個月也要死。這才是你要擔心的事情，犯人是誰已經不重要了。」

「嗚……！」

這句話完全打中我的痛點。老師把手放到我的肩膀上。

「別擔心。老師有辦法幫他們，他們兩個可以得救。」

「真的嗎？」

「當然是真的。」

「拜託你！請你教我該怎麼做！」

我終於看到一絲希望，激動地抓著老師的肩膀。

老師面帶微笑，但眼神中充滿惡意。

「很簡單，只要那個真正的罪人之子站出來就行了。只要那個罪人之子承認最近那些事都是他幹的，說那些照片都是假的，是他故意要陷害同學，就有希望改變下次選舉的結果。沒錯，如果世上真的有那種慈悲為懷，把別人的命擺在自己之前，不屑為了保命投票殺人的聖人，他們兩個都能得救。舞台已經幫他準備好了，現在就只等主角上場而已。」

我的腦袋裡一片空白，一時之間無法理解這些話的意思。
就只有母親死去的那一幕閃過腦海，讓我的身體抖得更厲害。
看到我的反應，老師臉上的笑意更深了。
「葉同學，我再問你一次。你是討厭選舉，還是痛恨選舉？還是說，其實兩者都不是？」
丟下這句話之後，老師直接走掉，把我獨自留在花圃旁邊。

✣

當天晚上，我又夢到以前的事情了。
那時我才剛進到親愛之家，對一切都很陌生，也很排斥。
以一個進到育幼院的孩子來說，我的年紀太大了。
我很明白自己失去了什麼，也很清楚別人會怎麼看我。
為了對抗這個從我身上奪走一切的世界，我只能仇視每一個人。
就在某一天，有個男孩終於看不下去。
「喂！葉明仁，聽說你又弄哭小春了。給我出來！我要跟你決鬥！」
那個男孩就是小武，他的眉毛旁邊當時還沒有傷疤。
聽到他這樣叫囂，我沒有多說什麼，直接出去跟他打了一架。

從此以後，他臉上多了一條永遠不會好的傷疤，我也多了一個永遠的好兄弟。
我們兩個打到全身是傷，一起躺在保健室裡。
一直壓在我心底的怨氣稍微減輕了些，他也不知為何笑個不停，突然變得一副跟我很熟的樣子。
「哈哈，你這小子真能打。這樣要是我以後不在了，也有其他人可以保護那些弟弟與妹妹。」
「……你白癡喔。我年紀比較大，就算要離開這裡，也是我先走吧。」
「這可難說，我說不定會被某個好心人收養啊。」
「……哼，快睡吧，夢裡什麼都有。」
夢到這裡，我悠悠轉醒。
時間是深夜，但我完全聽不到小武的鼾聲。
想到他現在的心情，就讓我再也睡不著覺。

✤

今天是星期五。
如果我還想要做些什麼，這就是最後的機會了。

現在是放學前的班會時間，李老師照慣例在講台上說著廢話。
班上瀰漫著詭異的氛圍。表面上風平浪靜，私底下充滿殺機。
經過這幾個月的磨練，大家都習慣選舉了。
方老師上個月才剛死於全校選舉，而且我們班上肯定也有不少人投票給她。
投票不再讓人有罪惡感，就只是一種例行公事。
就算身邊有人死於選舉，大家也只會覺得理所當然。
要是我在這種情況下，告訴大家我就是罪人之子，我肯定會死。
只要稍微計算一下就知道了。
我只確定佳歆、小武、阿文、阿凱與香瑩不會把票投給我。
至於小春……我沒有把握。
陳少華肯定也會投票給我。
羅同學更是不用說也知道結果。
不管我怎麼算，班上都只有五票絕對不會投給我。
就算小春最後沒有投票給我，也至少還要有四票才能讓我安全過關。
而且我自己那一票，也必須投給別人。
如果我真的要投票，又該投給誰？
這些問題在我的腦袋裡轉來轉去，結果班會就這樣結束了。

沒錯，一切都結束了。
我什麼都沒做。
放學的鐘聲在教室裡迴盪，聽起來就像是喪鐘一樣。

✤

今天是星期六。
小武與香瑩一大早就離開學校，不知道跑去哪裡了。
阿文與小春也都各自離開，不願意與我們一起行動。
在那間熟悉的咖啡廳裡，就只有我、佳歆與阿凱這三位客人。
「放心吧。女人的嫉妒心是很可怕的，我不認為香瑩的票會跑去小武那邊。我們在社會實習課付出的努力也不會白費，當初跟小武同組的女生好像都不討厭他。我相信方老師的好意肯定不會留下壞結果。」
阿凱從剛才開始就一直重複說著同樣的話。
「大家都是普通學生，沒有心電感應能力，我不相信大家會這麼有默契。嗯，沒錯，絕對不會有那種事的。」
我和佳歆都不知道該說什麼。白致遠也變回那個白目的中年大叔，只是這次完全沒有跟我們開玩笑，還請我們吃了很多東西。
整天聽著阿凱樂觀的分析，讓我心中也不由得燃起一絲希望。
我們也只能緊抓著這樣的希望。
當天晚上，小武還是在我房間過夜。
我們沒有說太多話。
他也沒有讓我看到軟弱無助的一面。
他還是一樣勇敢，跟我完全相反。
熄燈之後，我睡不著覺，他也一樣。
不知道過了多久，他小聲說出這句話。
「阿仁，其他人……香瑩以後就拜託你保護了。」
我沒有回答。

✤

今天是星期日。
小武與香瑩還是一大早就離開學校，不知道跑去哪裡了。
阿文與小春也都各自離開，不願意與我們一起行動。

在那間熟悉的咖啡廳裡，就只有我、佳歆與阿凱這三位客人。
一切看似都與昨天相同，但大家下午都很有默契地回到那間園藝倉庫。
倉庫裡昏暗的橘黃色燈光，象徵著我們現在的心情。
小武與香瑩緊緊牽著手，小春與阿文低著頭站在牆邊。
阿凱還是一樣重複說著同樣的話。
佳歆也跟著我來到這裡，靜靜地站在我旁邊。
就在快要開票的時候，小武抬起頭來，看向一直沒說話的阿文。
「阿文，抱歉，上次的事情是我不好。我太衝動了。」
「……哼，別以為你這樣說，我就會原諒你。除非你改天讓我揍回來。」
「……今天不行嗎？」
「不行。」
聽著這段對話，香瑩流下眼淚，似乎有話想說。
可是，眾人的手機也在這時發出聲響。
誰也沒有動作。
除了佳歆之外。
她早就猜到我們會是這種反應，才會跟著我來到這裡。
這是她的任務。

她拿出手機，迅速確認結果。

「……二十一票。」

佳歆小聲這麼說道，把目光移向小武。

「哈哈……果然逃不掉嗎？」

小武乾笑兩聲，抬頭看向天花板。

下一瞬間，他突然伸手抓住自己的脖子，然後就直接倒在地上。

我的腦袋變得一片空白，不太清楚之後發生了什麼事，就只有響徹整間倉庫的哭聲與叫喊聲，一直在我腦海中揮之不去。

✣

小武死了。

對於我們這種無父無母的孤兒來說，葬禮就只是個簡易到了極點的程序。因為他是死於選舉，所以政府會負責包辦一切。選舉委員會的人來到現場，帶走他的遺體之後，很快就把他送到殯儀館火化了。

殯儀館裡設置了一個小小的靈堂，兩個星期之後才會撤除。在這段時間之內，任何人都能去向死者致意。不過，直到目前為止，也只有我和白致遠去過他的靈堂。

因為小武的後事就是我們兩個人在處理的，整個過程只有短短的半天。
當時間來到清晨，再過幾個小時就要開始上課的時候，我們兩人終於回到學校。
他開車送我到校門口。雖然忙了整晚，但他臉上完全沒有疲倦的樣子，像是很習慣忙到半夜。
我開門下車。白致遠好像說了幾句安慰我的話，但我根本聽不進去，就這樣走回宿舍。
我回到自己的房間。陳少華還沒回來，但阿凱與阿文都在裡面。
他們沒有睡覺，看到我回來也毫無反應，還是一樣看著牆壁發呆。
我明白他們現在的心情。
他們只是還無法接受現實，跟親眼看到小武變成骨灰的我不一樣。
到學生浴室裡洗過冷水澡之後，我丟下他們兩人，再次前往靈堂。
我昨天早就拜託白致遠，透過選舉委員會幫我向學校請好公假了。
雖然只能請假一天，但我還是想要盡量多替小武做些什麼。
我獨自在靈堂度過半天。到了中午，阿凱與阿文終於來了。
他們兩個都流下眼淚，接受了這個事實。
後來又過了一段時間，香瑩終於在佳歆的陪同下出現。
我原本還以為她會很憔悴，但結果正好相反。
她怒氣沖沖地走向我，二話不說就甩了我一個巴掌。

她罵了我一頓，怪我沒有挺身而出。大家都知道我才是真正的罪人之子，也知道我是唯一有辦法拯救小武的人，但誰也沒有拜託我那麼做，就連小武本人都沒有。香瑩直到現在才為此指責我，讓我流下了第一滴眼淚。

看到我哭了出來，香瑩抱住我。阿凱與阿文也衝過來抱住我們。佳歆默默地站在旁邊，用非常悲傷的眼神看著我們。在場的五個人，就是這場葬禮的所有參加者。

小春直到最後都沒有出現。

✤

到了隔天，一切都回復成原本的樣子，就好像什麼都沒有發生過一樣。

這種平靜使我感到憤怒。

因為殺死小武的兇手就跟我待在同一間教室裡，而且還若無其事地過著日子。陳少華的心情顯然比過去好多了。因為他這個成績吊車尾的傢伙順利逃過了一次選舉，而且還很有希望逃過這學期的最後一次。看到他那種神清氣爽的樣子，讓我心底燃起了一股黑色的火焰。羅同學還傳了好幾篇歌頌「民主」的文章給我，我想也不想就把她加入黑名單裡。

就在這一瞬間，我突然理解白致遠曾經說過的精神閹割是怎麼回事。

這就是「民主」。
大家都是「罪人」。
徹底理解這件事之後，我發現每個人都變得好可恨，但也同樣可怕。

✤

放學後，我什麼都不想做，漫無目的地在校園裡閒晃，找尋小武過去的身影。
我在整個校園裡繞了一圈，就只有園藝倉庫被我排除在外。
最後，我來到操場旁邊的花圃，碰巧遇到了李老師。
「哎呀，葉同學。你還沒回宿舍休息嗎？」
我沒有說話。他笑瞇瞇地看著我，彷彿看穿了一切。
「……這樣你應該明白了吧？沒人可以戰勝人性，所以誰也無法逃離選舉。你也不行。你根本不是什麼聖人，就只是一個罪人，跟其他那些噁心的傢伙沒什麼分別。」
說完，李老師放下澆花器，就這樣轉身離開。
那步伐充滿了自信，散發著勝利者的威嚴。
我只能無力地癱坐在地上，像是喪家之犬般縮起身體。
如果這就是谷底，真不知道該有多好。

✤

兩個星期過去了。

每個人都改變了。

中午的時候，我在學校走廊上遇到阿文。

他還是一樣對我視而不見。不光是我，他對所有人都是這樣。

他再也不曾去過園藝倉庫，也不曾傳訊息給我們之中的任何人，就算傳訊息給他也不回，簡直就像是要徹底斬斷與我們之間的聯繫。

有一次，他獨自坐在餐廳裡滑著手機，我想要過去找他談談，卻發現他正在瀏覽選舉公報。注意到我就在後面，他假裝自言自語地這麼說。

「……每個人都要長大。成長就是適應社會的過程。不能適應就會被淘汰。事情就是這麼簡單。從罪人之子成長為罪人，好像也不是什麼罪大惡極的事情。」

當時，我一句話也沒說就離開了。

如果這能讓他平安度過剩下的人生，那我也只能祝福。

因為其他傢伙更讓人擔心。

我曾經在街上偶然遇到阿凱。他沒有看見我，但我清楚看到他從昏暗的巷子裡走出來，手上拿著一張傳單。

我偷偷跟了過去，直到他走進一間廢棄的工廠。

工廠裡聚集了幾十個人，阿凱也在裡面。他們全都在聽一個人演講。

雖然我不認識那個人，但他穿著極具標誌性的紅色外套。那是「反民主陣線」的制服。在所有反對「民主」的政治團體之中，他們是最激進的一個，據說有好幾次恐怖攻擊都是出自他們之手。

「生命權是最基本的人權！連人權都無法保障的制度就是暴政！『民主』就是國家對人民的『殺戮』！我們必須推翻這種萬惡的制度！」

演講者振臂高呼，聽眾也跟著大喊。

「打倒『民主』主義！恢復『共產』榮光！」

阿凱喊得特別大聲，他甚至還激動到哭了。

我不曉得該怎麼處理這件事，只能暫時幫他保守這個祕密。

因為光是香瑩的事情，就讓我傷透了腦筋。

我想起昨天放學後發生的事情。

「呀啊……！」

羅同學慘叫一聲，跌坐在地上。

香瑩無視於她的哀號，又往她的肚子踹了一腳。

羅同學哭了出來，但香瑩一把抓住她的頭髮，冷冷地說。
「把手機交出來。」
「我……我不要……」
聽到羅同學這麼拒絕，香瑩賞了她一個耳光，然後直接把手伸進她的口袋。
這裡是體育館後面的空地，同時也是校園霸凌的現場。這裡只有三個人，一個是負責施暴的香瑩，一個是負責挨打的羅同學，而我則是那個負責把風的傢伙。
我不知道這麼做是否正確，但我別無選擇。
因為香瑩來拜託我幫忙的時候，說這是她最後的願望。
就算再怎麼看不下去，我也只能看著她自取滅亡。
「別反抗！不要逼我打人！」
「不行！趙同學，妳這麼做是不對的！大家不會原諒妳的！」
「哼！反正我這個月底就會死！誰還管那麼多啊！」
香瑩又賞了羅同學一個耳光，終於搶到她的手機。
「不行！不要看！」
羅同學大聲哀求，但香瑩不予理會，立刻確認手機的內容。
香瑩不是要檢查信箱，確認羅同學把票投給了誰，而是要檢查手機裡的照片與文件，看看她是不是陷害小武的犯人。

面對可能會讓自己喪命的下一次選舉，香瑩靠著憤怒與仇恨克服了恐懼，想要利用最後剩下的時間替小武與自己報仇。

香瑩似乎在手機裡看到了什麼，她先是驚訝得睜大眼睛，然後很快就露出不懷好意的笑容。

「哎呀，妳怎麼會有這麼多我的照片？連這種只穿著內衣的照片都有，這到底是怎麼回事？」

羅同學羞紅了臉，香瑩輕輕托起她的下巴。

「聽好，如果不希望這些照片出現在教室的黑板上，妳就要乖乖照著我的話去做，幫我找出發那些黑函的犯人，明白了嗎？」

羅同學點了點頭。香瑩露出得意的微笑，但我只覺得悲哀。

因為我知道真正的犯人是誰，而且香瑩八成也知道，只是不願意承認罷了。

小武與香瑩偷偷交往的事情就只有我們幾個知道，而且他們兩人都是在遠離學校的地方約會，約會地點也只有我們幾個知道，別人根本沒機會偷偷拍下那些照片。就算不清楚動機，只要想想那人沒去參加小武葬禮的原因，要猜到犯人是誰並不困難。

香瑩的所做所為毫無意義，純粹只是一種發洩。

她不想揭穿那個真正的犯人，而且我也一樣。

大家都在逃避，只是逃到了不同的地方。

而我跟其他人唯一的差別，就是還有人會來追我。

「……明仁，你也差不多該面對了吧？」
當我來到學校的屋頂，獨自看著遠方想事情時，某人對我如此說道。
那人就是佳歆。
她在不知不覺中來到我身後，輕輕抱住了我。
「振作點。小春需要你，憑我一個人救不了她。」
「……她怎麼了嗎？」
「她好幾天沒吃東西了，我剛才勉強讓她吃了一點麵包，但她立刻吐出來了。」
我這時才想起小春確實有好幾天沒來上課，佳歆繼續說了下去。
「而且她每天晚上都做惡夢，不管我跟她說什麼，她都只會哭泣。現在只有你能救她了。」
「……抱歉，我也不知道該怎麼救她。我沒那麼厲害，妳找錯人了。」
我低頭看向自己的雙手。
「如果我真的有那種本事，小武就不會死了。其實我什麼都做不到，我早就該認清這件事了。」
「不對，你太小看自己了。」
佳歆搖了搖頭。
「你做得到，因為你是我喜歡上的人。」
「……這種理由一點說服力都沒有。」

「就是有。」
佳歆走到我旁邊，抓著頂樓護欄看向遠方。
「我去年第一次經歷『民主』的時候，就看過太多悲劇了。班上同學一個一個變成冷酷的投票機器，還有人想要利用選舉除掉自己討厭的傢伙。我當時也被迫面對許多人的惡意……」
我還是第一次聽她說起自己的過去，好奇心讓我閉上嘴巴。
「大家都迅速墮落，沒人想過要去反抗。恐懼凌駕慈悲，把大家都變成了罪人。這讓我對這個世界感到絕望，直到我認識了你。你努力反抗這個制度，反抗人性裡的軟弱，就只有你是這樣的人。你跟其他人不一樣。」
「……可是，結果我還是輸了。就是因為我怕死，小武才會死掉。我只不過是個凡人。」
我想起李老師說過的那些話，還有那段深藏在腦海中的記憶。
「我是真正的罪人之子，雙親都死於選舉。我還親眼看到母親死在自己面前，那是讓我決定永遠不投票給別人的原因。我曾經以為這是因為我痛恨選舉，不想把同樣的痛苦加在別人身上，但是我錯了。其實我怕得要死。」
說出這些話的同時，我忍不住露出自嘲的笑容。
「說什麼永遠不投票，只不過是我自欺欺人的傻話。我假裝痛恨選舉，讓自己忘記那種恐懼。一旦遇到自己可能當選的情況，還是會想要投票給別人。我沒有代替小武面對選舉，就是因為害怕自己會原形畢露。」

聽到我這麼說，佳歆眼裡充滿失望。

但我沒有試圖挽回，冷冷地說出自己在這段日子得到的結論。

「這就是真正的我。佳歆，我不是值得妳喜歡的人。我沒辦法像妳一樣。」

佳歆哭著跑掉了。

我平靜地目送著她的背影，因為我還想要繼續逃避下去。

所以，就算小春傳了訊息給我，說她有話要告訴我，我也沒去赴約。

後來，這個決定讓我們體驗到了真正的絕望。

✤

當天晚上，我不知為何夢到了小春。

夢裡的我們還是孩子，還不懂那些複雜的感情問題，就只是每天都一起快樂地玩耍。

在我人生中最失意的時候，她的笑容確實曾經拯救過我。

這讓我在清晨夢醒的時候有種強烈的使命感。

這次換我拯救她了。

不管我們先前有過什麼樣的心結。

正當我拿起手機，準備打電話給她的時候，佳歆就先打電話過來了。

聽到她顫抖的聲音，還有聲淚俱下的話語，讓我一時之間反應不過來，以為自己還在夢中。

不過，我最後還是鼓起勇氣趕到現場。

「小……小春……」

在看到她的瞬間，我立刻跪倒在地上。

操場旁邊的花圃還是一樣開滿了花，而小春就在那些花朵之間，但她雙腳沒有著地，只讓脖子上的繩索支撐著體重，身體也隨著清晨的寒風左右擺動。

她偶爾會在那棵大榕樹底下乘涼，但我沒想過她會在那裡結束自己的生命，逃到沒人追得到的地方。

「都是我的錯……」

我小聲責怪自己。不管佳歆在旁邊怎麼呼喊，都無法將我從谷底拉上來。

✤

結果，我依然是那個負責處理後事的人。

雖然佳歆也聯絡了其他人，但他們這次全都沒有出現。

不知道這是因為我最堅強，還是因為我最無情。

我再次來到殯儀館，身旁只有白致遠一個人。

「……為什麼你要來幫忙？她又不是死於選舉，你應該沒那種義務吧？」

「我是以咖啡廳店長的身分，來送熟客最後一程的。」

他帶著微笑說出這句話，害我有些感動，眼淚也不爭氣地流下來。

「別讓眼淚滴到她，這樣她無法放心離開。」

他指著我懷裡的骨灰罈這麼說。我輕輕點了點頭。

「我會負責辦完剩下的手續，你先把骨灰罈拿到靈堂去。」

丟下這句話之後，他就獨自前往殯儀館裡的辦事處，讓我獨自前往靈堂。我已經知道後面的程序，不需要更多指示也明白該怎麼做。

我只需要把骨灰罈送到靈堂就行了。

要不是我堅持送小春最後一程，其實連這件事都不必做。

等到白致遠辦好所有手續之後，館方就會立刻派人過來布置靈堂。

一切就是這麼簡單。

我抱著小春來到靠近東門的地方。這裡有許多簡易的小靈堂，對我來說是充滿痛苦回憶的地方。

當我找到這裡的負責人，告知自己的來意之後，他便主動帶我去找小春的靈堂。

我跟在他後面，接連走過好幾個轉角。我赫然發現自己曾經走過這條路，腳步也變得越來越沉重。

「就是這裡了。」

說完，負責人就掉頭往回走。

我獨自站在小武的靈堂前面，手裡抱著小春的骨灰罈。

這裡就是小春將要使用的靈堂。

另一位館方人員走了過來，當著我的面拿下小武的遺照，把小春的遺照擺了上去。

「嗚嗚嗚……！」

我跪了下去，小武的聲音也在腦海中響起。

「阿仁，其他人……香瑩以後就拜託你保護了。」

這是他最後拜託我的事情，我終於想起來了。

「我到底……我到底在幹什麼啊！」

雖然膝蓋還是跪在地上，但是就在此時此刻，我知道自己重新站起來了。

我還有必須完成的任務。那就是拯救香瑩，還有替小武與小春討回公道。

就算是個罪人又如何？

只要還活著，永遠都有機會贖罪。

來吧，贖罪的時候到了。

第八章　奇蹟

「佳歆，是我。我有事需要妳幫忙，妳人在哪裡？」

辦好小春的後事之後，我立刻打電話給佳歆。

雖然我們還沒和好，但她才剛聽到我這麼說，立刻用堅定的聲音回答我，語氣中沒有一絲彆扭。

「我在房間裡幫小春整理遺物。」

「她的手機還沒繳回去對吧？」

「對，不過選舉委員會的人很快就要過來拿了。」

「我想確認一些事情，妳趁現在調查一下她的手機。如果她有設密碼，妳就輸入 0722 看看，那是院長的生日，我知道她都是用這組密碼。」

佳歆沒有回答，但我知道她正在動手輸入密碼。

「……密碼正確，我打開了。」

「妳先看看她的信箱裡有沒有可疑的郵件。」

「……沒有，裡面只有選舉委員會發送的選舉公報跟選票。」

說到這裡，佳歆停頓了一下，語氣變得有點悲傷。

「原來她從第一次班級選舉就開始投票給我了，我完全沒發現……」

「……妳接下來看看手機的圖片庫，裡面有沒有小武和香瑩約會的照片？」

「嗯，裡面確實有他們兩人約會的照片，而且就是那幾張……」

佳歆沒有把話說完，但她也不需要說完。

她肯定是找到了那些害死小武的照片。偷偷跟蹤小武與香瑩，拍下那些照片的人就是小春，這我早就知道了。

「妳看過通訊軟體了嗎？除了我們幾個之外，她有沒有跟別人聯絡？」

「……沒有。」

佳歆似乎猜到我在懷疑什麼，語氣聽起來有些失望。

「沒關係，這也在我的預料之中。妳等一下先把手機還給選舉委員會的人，然後再慢慢調查她留下的東西，也許能找到什麼線索。」

「嗯，我知道了。」

聽到佳歆這麼回答，我掛斷電話。

正好就在旁邊的白致遠轉頭看了過來，表情非常不爽。

「喂，我就在旁邊，你竟敢公然指使我女兒犯罪？你不知道偷看別人的手機違反『選舉法』嗎？」

「小春是我和佳歆的朋友，看朋友的手機哪裡犯法了？再說，如果這件事關係到選舉的公正性，那我們做這些調查就有正當性了吧？」

「……聽你們剛才的對話，這女孩應該就是之前發黑函的犯人吧？既然她已經畏罪自殺，你還想要調查什麼？」

「……我認為她只是受到唆使，背後還有其他共犯。」

「可是你沒有證據吧？不然你就不會拜託佳歆做那種事了。」

我沒有說話，白致遠幫自己點了一根菸。

「我能理解你的心情。你會這樣懷疑，應該也不是完全沒有根據，你不是那種笨蛋。」

從嘴裡呼出白霧之後，他露出陶醉的表情，手指著小春的遺照這麼說。

「看在這女孩的面子上，我就好心給你一個建議吧。這可是讓我在選舉委員會幹到調查局主任的祕訣。」

「……什麼祕訣？」

「其實也沒什麼。找不到證據也沒關係，只要自己製造就行了。」

他揚起嘴角奸笑的樣子，看起來十足就是個卑鄙的大人。

不過，我總覺得這個建議可以幫到我，於是就心懷感激地收下。

✣

後來，我很快就趕回學校。

香瑩與阿凱都傳了訊息過來，說要跟我見面，但我沒有理會，直接趕到文藝社社辦。

因為佳歆找到了我要找的東西。

「明仁，就是這個。」

我才剛踏進社辦，佳歆就把一本筆記本交給我。

筆記本的封面有一朵用紅色蠟筆畫出來的花。

那確實是小春的東西。

「謝謝妳，妳幫了我一個大忙。」

向佳歆道謝之後，我迅速翻開筆記本，然後在最後一頁找到那句話。

「……罪人之子有七個。」

那是小春親手寫下的訊息。

我不知道她寫下這句話有何用意，但看到這種潦草的字跡，我猜這應該是她在心情很亂的時候隨手寫下的東西，跟前面那些可愛的塗鴉有著天壤之別。

這個發現讓我感到興奮，但佳歆完全無法理解，用疑惑的眼神看著我。

「這句話有什麼特別的地方嗎？這應該不能證明什麼吧？」

「這句話確實無法當成證據，但至少證明了我的猜測。」

「為什麼？我不就是第七個罪人之子嗎？」

「不，小春不知道妳是罪人之子的事情，我沒有告訴她這件事。」

雖然差點就要說出來了，但我最後還是沒說，所以小春不知道這件事。

「你的意思是……」

「沒錯，除了我們之外，還有其他的罪人之子。那人告訴小春自己的真實身分，藉此博取她的信任。也就是說，那人就是小春的共犯。」

「你知道那人是誰嗎？」

「知道。不過，只憑我們手頭上的這些證據，沒辦法制裁那個幕後黑手。」

「那……你打算怎麼做？」

「很簡單。沒有證據也沒關係，只要自己製造就行了。」

我忍不住揚起嘴角，讓佳歆皺起眉頭。

「……明仁，你現在的笑容跟那傢伙好像，我很不喜歡。」

結果，在正式展開行動之前，我花了許多唇舌才成功保住這個最重要的同伴。

✤

當天傍晚的時候，我把所有人都叫到園藝倉庫裡面。

當我帶著佳歆出現時，阿凱、阿文與香瑩早就都到齊了。

他們三人都紅著眼眶，還無法接受小春死去的事實，更不能接受我今天的態度。

「阿仁！你為什麼都不回覆我們的訊息！我知道我們不該讓你一個人去面對，但你這樣會讓我們很害怕！」

「是啊！我們只是一時無法接受！無論如何都不可能不去送小春最後一程！拜託你不要這樣不理我們！」

阿凱與阿文激動地抓著我，香瑩擦去眼角的淚水，對我如此說道。

「阿仁，過去的事情就算了，我們一起去探望小春吧。現在就去。我也想再去看看小武。」

聽到這句話，我冷冷地說。

「來不及了，小武的靈堂已經在今天早上收起來了。」

「……咦？」

香瑩小聲驚呼，我告訴她館方人員給我的回答。

「雖然原本是預計要擺到明天，但最近的死者有點多，所以殯儀館只能提早收起小武的靈堂，他的骨灰罈也已經送到聯合墓園了。我知道地點，改天再帶你們過去。」

「怎麼會這樣……我原本還想要再去見他最後一面……」

香瑩無力地癱坐在地上。阿文似乎想通了什麼，臉色變得非常難看。

「難道說……小武的靈堂會提早收走是因為……」

「嗯，就是你想的那樣。」

我沒有繼續說下去，因為我不想傷害他們三個。

「明仁……」

佳歆用同情的眼神看向我。我回給她一個笑容。

「放心吧。我已經不難過了。如果不是遇到今天這種情況，我也沒辦法這麼快就振作起來。」

所有人都看向我，臉上充滿了困惑，一副覺得很不可思議的樣子。

我繼續說了下去。

「因為我想起小武最後的願望。他最後那幾天不是跟我住在一起嗎？他當時曾經拜託我繼續保護你們，但我一直忘了這件事。要不是今天去到他面前，我恐怕現在都還沒想起來。」

我轉頭看向香瑩。

「香瑩，尤其是妳。他在最後特別拜託我保護妳，結果我不但把這件事拋到腦後，還陪著妳一起亂來。這一切都是因為我太過軟弱。不過，我不會繼續錯下去了。」

「小武……」

香瑩蹲了下去，掩面哭泣。我走到她身旁，把手放在她的肩膀上。

「香瑩，別再亂來了。小武不希望妳幫他報仇，妳要好好活下去，這樣他才能放心離開。」

「可是……我知道自己沒救了。我不可能過得了這次的選舉，誰也救不了我……」

「不對，我還有辦法。還有一個辦法可以救妳。」

聽到我這麼說，每個人都露出難以置信的表情。

我做了幾次深呼吸後，平靜地說出自己的決定。

「我要犧牲自己。只要我承認自己就是真正的罪人之子，也是發出那些黑函的犯人，就能代替妳成為大家投票的對象。」
「不行……！我不准你這麼做！」
香瑩立刻阻止了我。
「那樣根本沒有意義！就算你成功了，也只能幫我擋一次！等到你死了，我之後還是會死！這樣只是白白多犧牲一條人命！」
就是因為大家都明白這個道理，我當初沒替小武挺身而出的時候，她跟小武才沒有責怪我。
我搖了搖頭。
「不，我不會白白犧牲。我會告訴大家，說你們兩個都是被我陷害。如果有人意圖影響選舉的結果，也確實達成了效果，選舉委員會就會對該選區做出調整，藉此維持選舉的公平性。雖然機率不是百分之百，但他們有可能把妳這個受害者換到其他選區，也就是轉學。妳可以在新學校重新開始。」
「那種事情……」
「我就是知道。我已經問過選舉委員會的人了，成功率並不是零。」
香瑩轉頭看向佳歆，但她無奈地雙手一攤。
「……我勸過他了，沒用的。」
「沒錯，誰來勸我都沒用。我早就犯下太多過錯，毫無疑問是個罪人，所以這是我的贖罪。現在還來得及！我要戰勝『民主』，戰勝人性！我絕對不要為了保命扭曲自己，死了就算了！」

我越說越激動，讓其他人全都啞口無言。

「經過這幾個月的洗禮，我徹底明白，這個國家的人民只有兩種選擇，不是死，就是生不如死。我就算要死，也要死得像個聖人！我跟其他那些罪人不一樣！」

「那……你要怎麼做？」

也許是充分感受到我的決心了。阿凱嘆了口氣，再也沒有阻止我。

其他人也是一樣，全都靜靜注視著我。

我說出自己的計畫。

「我要繼續發黑函，直接告訴大家我就是罪人之子。地點就是我們的教室，今晚就行動。為了幫小春處理後事，我今天請了整天的公假，就算在熄燈之後才回到宿舍，舍監也不會多說什麼。一切都準備好了，就在今晚，我要成為聖人！誰也別想阻止我！」

大聲說出這個宣言後，我笑了出來。

誰也沒有多說什麼。

✤

事情比我想的還要順利。

也許是因為有超過半個月都不曾再出現過黑函，讓學校裡的警衛放鬆了戒心。

即便那些黑函貼在黑板上已經超過半小時了，他們也還是沒有發現。

不只是這樣，他們沒發現的事情還有很多。

教室的前門靜靜地打開了。一道人影也迅速鑽了進來，毫不猶豫地踏上講台，取下被我貼在黑板上的白紙。

我立刻從桌子之間的空隙跳了出來，把手機鏡頭對準那道人影，按下了快門。

「什麼……！」

那人叫了出來，趕緊伸手遮住自己的臉，紙張落滿地。但阿凱與阿文也跟著衝進教室，從不同的角度拍下照片。

下一瞬間，教室的燈光也亮了起來。

香瑩站在電燈開關旁邊，惡狠狠地瞪著那個傢伙。

「原來真的是你……！」

「嗚……！」

李老師無法適應突如其來的燈光，狼狽地伸手護著自己的眼睛。

又拍下幾張照片之後，我把手機放進口袋，慢慢走到老師面前。

「哎呀，李老師。現在都這麼晚了，你不回家休息，跑來這種地方做什麼？」

李老師沒有說話。他很快就理解現在的狀況，做出最正確的反應。

「……葉同學，我是擔心上次那個犯人又會出現，才會在學校裡巡視。我才想知道你們怎麼會出現在這裡。」

「是嗎？如果你是來巡視的，手上怎麼會抓著那種東西？」

我指向老師手上的黑函，老師笑著回答。

「你是說這個嗎？我剛才發現這些紙貼在黑板上，知道這又是犯人的傑作，才會趕快撕下來。事情就是這麼簡單。」

聽到他這麼說，我不屑地笑了出來。

「別狡辯了。我知道你就是那個真正的犯人。你會出現在這裡，全是為了阻止我拯救香瑩的計畫。」

「阻止你的計劃？我怎麼會知道你想要做什麼？你這麼說也未免太好笑了吧？我又不是什麼超能力者。」

老師雙手一攤，露出從容不迫的笑容。

因為他很有信心，認為那個祕密絕對不會被我們發現。

不過，其實我早就看穿了。

「你當然知道。你一直都知道我們想要做什麼。因為你在園藝倉庫裡裝了竊聽器！我今天下午說的那些話，你全都聽到了！」

「……我不懂你在說什麼。」

「如果你不懂，那我就從頭慢慢解釋給你聽。」

我拿出小春的筆記本。

「這是小春的筆記本，裡面有她留下的訊息。她說罪人之子有七個。看到這句話之後，我請人幫忙調查了一下，結果發現你也是罪人之子。而且你跟我們六個一樣，都是出身自親愛之家的孩子！」

聽到我這麼說，阿凱驚訝地叫了出來。

「等等！你是說，這傢伙其實是我們的前輩嗎！」

「沒錯，所以他才能輕易取得小春的信任，唆使她做出那些事情。他早就猜到我們都是出身自育幼院的孩子，我和小春回去親愛之家的時候又曾經遇到他，他只要稍微查一下，就能查到我們六個的底細，然後利用這層關係取得小春的信任。」

「原來如此……」

香瑩瞇起眼睛。

「我原本還想不通小春為何要做出那些事情，陷害我和小武，但我現在總算懂了。小春應該也不知道他真正的目標，只是被他利用了。知道你跟佳歆的事情之後，小春想要利用選舉除掉佳歆，結果就被這傢伙趁虛而入。」

「沒錯，小春不知道他真正的目標，也確實是想要陷害佳歆，才會照著這傢伙的指示貼出第一封黑函，先幫他取得不在場證明，然後再由他貼出第二封黑函，幫小春取得不在場證明。他們兩人是分工合作的共犯，只是這傢伙在最後關頭背叛了小春。」

「可是，這傢伙有什麼理由要陷害小武和香瑩？只因為我們也是親愛之家的孩子嗎？」

阿文說出這樣的疑惑，我搖了搖頭。

「不對。你搞錯了。他真正的目標根本不是小武和香瑩，我才是他真正的目標。小武和香瑩只是他陷害我的誘餌罷了。打從一開始，他就是要逼我承認自己的身分，逼我用犧牲自己的方式救人。只要可以達成這個目的，不管誘餌是誰都不重要。」

聽我說完這些話，阿凱抱住自己的頭。

「等等，我怎麼聽不懂你在說什麼？他為何要這樣逼你？」

「因為我是真正的罪人之子，跟他一樣都是雙親死於選舉的孩子。」

老師本來一直毫無反應，這時才總算換上銳利的眼神。

「阿凱，你還記得我們第一次參加的全國選舉嗎？」

「記得，我還記得最後是由一位反『民主』政治家當選，而且店長還成功猜到那人會當選。」

「是啊，店長當時還不肯告訴我們理由，只說我們以後就會明白，而我現在終於懂了。是因為罪惡感。」

「罪惡感？」

「沒錯，因為那位政治家宣稱『民主』就是『殺人』，對於那些不得不投票保命的人們來說，這種主張就等於是在他們的傷口上撒鹽，讓他們意識到自己是個罪人。就是因為大家都有意識到自己的罪過，才會希望說那種話的人永遠閉上嘴巴。這就是他當選的理由。」

我轉頭看向李老師，無懼於他那凶狠的目光。

「這傢伙會這麼恨我也是因為這樣。自從他知道我不肯投票給別人之後，就一直把我視為眼中釘了。同樣身為真正的罪人之子，他不希望我一直當個不弄髒雙手的聖人，他要我展現出自己醜陋的那一面，要我為了自保犧牲別人，所以他才會計劃這一切。因為只有這樣才能保持他內心的平衡。」

說到這裡，我握緊拳頭。

「直到小武死去之後，聽到他說出那些嘲諷我的話，我才終於想通這一切。只是……一切都太遲了。」

「就為了……就為了這種無聊的理由嗎？」

香瑩露出扭曲的笑容，眼淚也跟著流下來。因為她是最無法接受這個真相的人。

阿文趕緊靠上前去，扶住快要昏倒的她，然後轉頭看向我。

「……難怪你剛才要故意演那場戲。你一直強調罪人與聖人這些中二到不行的字眼，就是故意要刺激這傢伙，讓他來阻止這場行動。因為他不想看到你真的犧牲自己。不過，你怎麼會知道園藝倉庫裡有竊聽器？」

「那是因為我曾經跟阿凱在裡面討論過要監視小春的事情，就算小春是他的共犯，會把我們說過的話告訴他，他們兩人也不可能知道這件事。我原本就只有這點想不通，但後來發生了某件事，讓我想起還有竊聽器這種東西，才會懷疑園藝倉庫裡也裝了竊聽器。於是，我就決定利用這點反將他一軍。」

「竊聽器……等等，難不成方老師會死也是因為……」

阿凱小聲呢喃，臉色變得很難看，眼神中充滿自責與絕望，還有對李老師的恨意。現場的情況不允許我安慰他。我只能繼續瞪著造成這一切的罪魁禍首。

「哈哈哈哈哈！」

老師突然笑了出來，而且還大聲鼓掌。

「哎呀，葉同學，你還真會編故事呢。不愧是文藝社的社員，這該不會就是你要交給社團顧問的作品吧？」

他故意撿起掉在地上的那些紙張，拿到眼前仔細端詳，然後不屑地隨手一丟。

「這些廢紙不是我帶來的東西，沒有任何東西能證明你說的那些事情發生過。一切都是你的妄想。我甚至可以說你是真正的犯人，因為被我在犯案現場抓個正著，才會捏造出那些騙人的故事想要脫罪。」

「……我早就知道你會這麼說了。」

就是因為明白這個道理，小武死去之後，我才會一直拿他沒辦法。

直到某個卑鄙的大人給我提示。

「不過，因為我設計的這場鬧劇，你出現在深夜的教室，手裡還拿著那些黑函的照片，已經被我們拍下來了。」
「那又如何？我剛才已經解釋過了。我是來這裡巡視的，手上拿著那些紙也是因為想要撕掉。這個證據無法成立。」
聽到他這麼說，我揚起嘴角。
「你說得沒錯。如果要定你的罪，那些照片確實不夠。可是，如果只是要向選舉委員會舉發你，這些捏造出來的證據就已經足夠。我早就把剛才那些照片傳給認識的調查員了。他現在應該已經派人到你家裡，找尋你試圖影響選舉結果的證據。主要目標就是竊聽器的接收裝置。這是第一個證據。」
我豎起食指。李老師陷入沉默，額頭上終於冒出冷汗。
「而且這樣他就能暫時扣住小春的手機。雖然手機裡沒有你們兩人聯絡的證據，但確實存在著你用來陷害小武與香瑩的照片。我猜你應該是隨便編了個藉口，請她幫你拍下那些照片吧。這是第二個證據。」
我豎起中指，同時斜眼看向牆壁上的時鐘。
「此外，你藏在園藝倉庫裡的竊聽器，佳歆也差不多快要找到了吧。那位調查員還借了偵測工具給我們，就在你踏進這個陷阱的同時，我就指示她展開行動了。畢竟你可能隨時都在監聽，為了避免打草驚蛇，我們也只能趁這個時候動手。這是第三個證據。」
我豎起無名指。老師也在這時笑了出來。

「哈哈，葉同學，你還真是厲害。我認輸了。」

他舉起雙手，但完全沒有要投降的樣子。

「不過，你還是失算了。這可不是偵探遊戲，不是只要揭發犯人的惡行就能結束。面對我這個被逼入絕境的犯人，你們的準備好像不太足夠。」

聽到他這麼說，在場眾人立刻提高警覺。

李老師從懷裡掏出一把短刀。阿文大聲叫了出來。

「他有武器！大家小心！」

李老師衝向香瑩與阿文。阿文沒有阻攔，而是拉著香瑩退開，直接讓老師衝出教室。因為他知道老師只是想要逃跑，才會把保護香瑩擺在第一位。

不過，阿凱和我還是追了上去。

因為佳歆可能會有危險。

果不其然。老師頭也不回地衝向園藝倉庫。

直覺告訴我，他想要去搶奪佳歆找到的證據。

我一邊奔跑一邊打電話給佳歆。

「佳歆！妳快點離開倉庫！東西沒找到就算了！」

我不需要解釋太多，佳歆就瞬間理解現在的情況了。

「我已經找到竊聽器，也通知那傢伙了，他很快就會趕到。我會找個地方躲起來，不會讓老師找到。我們絕對不能讓老師湮滅證據。」

說完，佳歆掛斷電話，而且還直接關機。

我沒想到她會在這種時候選擇冒險，只能懷著緊張不安的心情拚命奔跑。

可是，當我趕到現場時，最壞的情況還是發生了。

老師就站在園藝倉庫門口，手裡還挾持著佳歆這個人質。

「佳歆！」

「不准過來！」

老師用刀子抵住佳歆的脖子，讓我和阿凱束手無策。

我們都不敢輕舉妄動，只能等待白致遠趕到現場，但老師也明白我們的企圖，不讓我們爭取時間。

「葉明仁，我給你一個機會救她。只要你能猜出我現在想做的事情，我就放過這女孩。」

老師手裡的刀子反射著月光，照亮了他此時的表情。

我曾經看過那樣的表情。

小武在最後等待開票結果的時候，臉上也寫著同樣的豁達。

佳歆手上還抓著一個黑色的長方形盒子。

那八成就是竊聽器，但老師沒有把東西搶走，而是留在這裡等著與我們對峙。

答案已經很明顯了。

我舉起雙手，獨自走上前去。

「……你只想要我的命對吧？」

「聰明。」

老師揚起嘴角，看著我慢慢走過來。

「反正我肯定會被逮捕，根本不可能全身而退，還不如在最後帶你上路。」

「我會實現你的願望，放開佳歆吧。」

「明仁！不可以！」

佳歆叫了出來，阿凱也一副隨時都要衝上來的樣子，但我伸手制止了他。

「阿凱，佳歆就拜託你了。」

丟下這句話之後，我走到老師與佳歆面前。

老師使勁推開佳歆，握著刀子向我衝了過來。

雖然我很想帥氣地奪刀，但我不是電影明星與漫畫主角，只是個普通的高中生，根本沒有那種身手。

我只能用雙手擋在身體前面，盡量保護自己的要害。

刀子猛力刺了過來，本能讓我仰起身體。

咖鏘！

我聽到金屬碰撞的聲響，卻沒有感受到任何痛楚。

但老師的身體在下一瞬間撞了上來，讓我往後倒在地上。

我勉強睜開眼睛，結果看到刀子與一組項圈掉在旁邊。

「嗚……！」

老師痛苦地抱著肚子。因為我們兩人一起摔倒，而且我的膝蓋還頂著他的心窩。

我立刻伸手抓住刀子，但他也迅速反應過來，用雙手壓住我的手腕，不讓我撿起刀子。

「嗚喔喔喔喔喔！」

阿凱吼叫了。雖然我看不到他想要做什麼，但我知道他會幫我擊倒老師，只要我緊緊抓住刀子，不給老師反擊阿凱的機會，我們就能打贏。

「呵呵……」

即便身處在絕望的情況下，老師依然露出冷笑，彷彿一切都在他的計算之中。我發現苗頭不對，但還是反應不過來。

原本被緊緊壓住的右手突然離開地面，無視於我的意志甩向天空。

原來是老師抓著我的右手，讓我用刀子刺進他的側腹。

「嗚……！」

老師直接倒在地上，從側腹的傷口不斷流出鮮血。

我趕緊放開刀子，從地上爬了起來，但衣服與右手早就變得一片赤紅。

看到我慌張的模樣，老師笑了出來。

「呵呵……這樣我們就扯平了……既然你敢算計我，我就讓你變成殺人兇手……直接弄髒你的手……」

這就是他真正的目的，結果我還是中計了。

阿凱在我們兩個旁邊停下腳步，手裡抓著斷掉的掃把，激動地為我辯解。

「你不會得逞的！我都看到了！是你抓著他的手刺過去的！」

「哼……凶器上有他的指紋，他還有殺死我的動機……而你是他的朋友，同樣跟我有仇……希望法官到時候願意採信你的證詞……」

老師的臉色變得越來越難看，聲音也逐漸變得細微，但他臉上依然掛著幸福的笑容，彷彿終於得到了救贖。

「……為什麼你要做到這種地步？我就真的讓你這麼痛恨嗎？」

我忍不住這麼問道。老師看向夜晚的天空，眼裡閃過一絲無奈。

「這個問題……以後你只要低頭看看自己的右手，想起那些鮮血的溫度，還有親手奪去人命的感觸，總有一天會想通的……」

老師再次看向我們，努力從嘴裡擠出最後的詛咒。

「這就是……老師給你的……最後的……」

就在這時——

「你不會得逞的。」

一道聲音突然從我們身後響起。
我回過頭去，看到面無表情的白致遠舉著手機，扣下了板機。
槍響與子彈劃破夜空。我瞬間就明白他做了什麼，沒有勇氣回頭。
白致遠用冰冷的目光看著我身後的那個人，小聲說出了這句話。
「罪人留給我們這些大人當就夠了……別想利用小孩得到救贖……」
他慢慢放下手槍。從槍口冒出的硝煙，為這次事件劃下了句點。

✤

一切都結束之後，我們很快就被帶到一棟位在市中心的大樓。
這裡好像是選舉委員會的某個辦事處。佳歆與阿凱他們都跟著白致遠前往偵訊室，我則是被他的美女部下帶去醫務室。
「真神奇……我還是頭一次遇到這種事……」
美女姊姊從剛才就一直忙著檢查我的脖子，找尋可能存在的傷口。
病床旁邊的桌子上擺著一個銀色項圈。
那是戴在我脖子上將近半年的東西。
李老師對我刺出的那一刀，碰巧被這個金屬項圈擋下了。

項圈也在那時候損壞，自動從我身上脫落。
美女姊姊拿起項圈仔細檢查，露出難以置信的表情。
「毒針竟然沒有自動彈出來，看來百萬分之一的幸運真的發生在你身上了。」
「百萬分之一的幸運？」
「是啊，這個項圈是極為罕見的缺陷品。要不然在項圈被擊落的時候，你早就被自動彈出來的毒針殺掉了。這樣還不夠幸運嗎？」
我直到這時才感到背脊發涼。美女姊姊輕輕撫摸我的頭，露出溫柔的笑容。
「主任說你從來不曾投票給別人，或許這就是上天給你的回報呢。」
說完，美女姊姊向我揮手道別，然後就轉身離開了。
在她離開之後，白致遠很快就走了進來，手上還拿著一個牛皮紙袋。
「嗨。事情我都聽說了。你這小子還真是命大。」
他臉上掛著爽朗的笑容，看起來一點都不像是才剛殺過人的樣子。
「佳歆他們呢？」
「我派人送他們回學校了，只有你必須在這裡多住幾天。」
「……因為老師的事情嗎？」
「不是。他算是我殺的，你不會被追究責任。把你留在這裡是因為項圈的問題。我們不能讓沒戴項圈的成年公民在街上亂跑，否則可能會造成嚴重的政治問題。直到新項圈準備好之前，你都只能在這裡跟我作伴。」

「……不對吧？老師明明有被刀子刺傷，而且那顯然還是致命傷，只因為你補了最後一槍，我就完全不需要被追究了嗎？」

「關於這件事，你真的要好好感謝阿凱，幸好他夠謹慎，李進賢的詭計才沒有得逞。」

「你這句話是什麼意思？他到底做了什麼？」

「錄音啊。他的手機從頭到尾都在錄音。你們在教室裡跟李進賢之間的對話，還有最後對峙的實際經過，全都被他錄下來了。那些錄音我已經當成證據送出去了，你絕對不會有事的。」

「這樣啊……那我還真是欠他一個天大的人情呢。」

我低頭看向自己的右手。雖然沒有法律上的責任，但我還是記得那種感觸。就結果而言，李老師還是達成了他的目的。

也許是要讓我忘記這件事，白致遠故意轉移話題。

「對了，我還在李進賢家裡找到這樣東西。」

他把一疊照片塞到我手上。看到那些照片裡的人物，我皺起了眉頭。

因為那些都是小春把黑函貼在黑板上的照片。

「李進賢就是利用這些照片，讓她不敢告訴你們實話吧。我很少同情別人，但她算是例外。想到她最後獨自面對的罪惡感與絕望，就連我這個雙手沾滿血腥的傢伙都承受不了。」

「……她以前明明總是把院長的教誨掛在嘴邊，如果不是親眼看到這些照片，我實在不相信她會想要利用選舉殺人。」

「因為她就是那麼喜歡你吧。她愛你愛到願意自己跳進地獄。這就是女人的嫉妒，也是『民主』的根源。」

我突然想起院長的教誨。

「民主就是殺人。只要投過一次票，那人就再也無法回頭，內心將會慢慢死去，最後落進無底的深淵。」

小春明知如此，還是投票給了佳歆，最後才會走上無法回頭的絕路。

比起殘留在右手上的感觸，她對我的這份感情要來得沉重多了。

我陷入沉默。

白致遠拍拍我的肩膀。

「別難過，至少你成功拯救了朋友。李進賢身為選區之外的人，卻利用不當的手段，干涉你們班上的選舉結果。這個事實會讓選舉委員會出手，暫時中斷你們班上這次的選舉，之後也會對選區進行調整。」

「調整……？」

「是啊。趙香瑩應該可以順利轉學吧。只要換個新環境，重新過著低調的生活，她以後應該就不會有事了。這都是你的功勞。」

「嗯……太好了。」

達成小武最後託付我的任務，讓我有種得到救贖的感覺，忍不住流下眼淚。

不過，小春的犧牲還是讓我耿耿於懷。

白致遠似乎看穿我的想法，繼續說了下去。

「其實李進賢還握著你們每個人的把柄，為了慢慢把你逼入絕望之中，他就連朱曉春都不打算放過。當你成功阻止他陷害佳歆之後，他就立刻轉頭陷害趙香瑩與黃武雄也是因為這樣，他從一開始就打算背叛朱曉春，利用害死朋友的罪惡感毀掉她。我從未見過這麼狠毒的傢伙，你能救到四個人已經很了不起了。」

「可是……我還是想要每個人都救……」

我握緊拳頭，但不管我多麼後悔，失去的寶物都不會再回來了。

白致遠沒有繼續安慰我，而是又從牛皮紙袋裡拿出一大疊資料，丟到我的大腿上。

「……這些資料又是什麼？」

「李進賢的身家調查報告書。」

「這種東西可以拿給我看嗎？」

「不行。」

白致遠把資料拿了回去。

「不過你畢竟算是受害者，我還是大致告訴你內容吧。其實這傢伙還挺可憐的。」

「因為他也是罪人之子嗎？」

「是啊。而且還是以前那個時代的。當時的政府與學校不會隱瞞那些育幼院孩子的身分，讓他們備受世人歧視，在選舉中的死亡率高得可怕。不過這傢伙還是活下來了。他恐怕是用盡了各種難以想像的手段吧。」

白致遠隨手翻閱那些資料，表情也變得越來越沉重。

「早在他學生時代，他身邊就經常發生類似這次這樣的黑函事件。只要是這傢伙待過的選區，每年總會死掉好幾個人。其中也有一些跟他關係很密切的人。如果那些人的死都跟他有關，那他身上背負的罪孽，也未免太過巨大了。」

「等等，難道選舉委員會都沒有發現異狀嗎？」

「當然有發現。選舉委員會也曾經盯上他，只是他每次都能平安脫身。這傢伙非常狡猾，如果不是遇到你這個同類，讓他失去冷靜露出破綻，真不曉得他還要逍遙法外多久。」

「……你這算是在稱讚我嗎？」

「算。不過政府可不會發獎金給你，只有這點必須先說清楚。」

「反正我也不稀罕。」

聽到我這麼說，白致遠笑了出來，起身準備離開。

臨走之前，他似乎突然想到什麼，停下了腳步。

「對了，我還有一件事要告訴你。」

「什麼事？」

「其實我們還在李進賢家裡找到許多宣揚反『民主』思想的書籍，可見他真的非常痛恨『民主』，卻又是個操縱選舉結果的天才。想到世界上竟然有這麼矛盾的人，難道你不覺得很好笑嗎？」

說完，白致遠就頭也不回地走掉了。

他最後留下的話語在我腦海裡迴盪，但我實在笑不出來，只能感到深深的悲哀。

就在此時此刻，我好像能稍微體會老師的心情了。

✤

時間過得很快。

半個月轉眼間就過去了。

當我拿到新項圈時，學校早就放暑假了。

我這段時間都住在選舉委員會的員工宿舍，變得莫名想念其他人。

於是，在我終於重獲自由的這天，我立刻踏上歸鄉之路，準備跟大家一起回去親愛之家看看。

因為急著出門，當我來到約好碰面的地方，也就是親愛之家附近的咖啡廳時，他們都還沒有出現。

「傷腦筋……我來得太早了嗎？」

我嘆了口氣，在店裡找了個顯眼的位置坐下，幫自己點了一杯咖啡。

咖啡很快就送了上來，但我實在喝不習慣，只喝了一口就放著不動。

「明仁。」

某人喊了我的名字。

我很快就認出她的聲音，轉頭一看。

在看到她的瞬間，我不小心看到恍神。

因為她臉上沒有繃帶，大方展現自己原本的美貌，還穿著露出肩膀與大腿的連身洋裝。

我忍不住嚥下口水，馬上裝出若無其事的樣子，舉手向她打招呼。

「佳歆，好久不見。」

「嗯。好久不見。」

她有些臉紅，似乎不太習慣這樣的打扮。

「好看嗎？這是香瑩上次幫我挑的衣服。」

「九十九分。」

我豎起拇指。她微微皺眉，看起來不是很滿意這個答案。

「……那要怎麼樣才能拿到你心目中的滿分？」

「……我不能說。」

要是我實話實說，我們的關係可能就要結束了。我稍微清了清喉嚨，故意轉移話題。

「話說回來，妳怎麼會拿掉繃帶？終於要原諒妳爸了嗎？」

「不是，這是香瑩的建議。」

她邊說邊坐了下來，也幫自己點了杯咖啡。

「她說我們很久沒見面了，要我盡全力抓住你的心……我成功了嗎？」

「嗯，我的心早就被妳緊緊抓住了，大概就跟這個項圈一樣緊吧。」

「……你的項圈才剛換，這是不是某種暗示？」

「不是，妳想太多了。」

我突然覺得有點口渴，趕緊喝了一口咖啡。

「不過，我還是希望妳不要在學校裡拿掉繃帶。因為……妳很漂亮，而我不希望其他女生投票給妳……」

聽到我這麼說，佳歆微微皺眉。我連忙解釋。

「當然，我很清楚妳的信念，那也是我愛上妳的原因。不過，我現在已經無法失去妳了，所以……」

佳歆的臉頰微微泛紅，低頭沉默片刻之後，她重新抬頭看向我，眼神中充滿著歡喜。

「嗯，我會的。」

佳歆笑著這麼答應我，我才總算放下心裡那顆大石頭。

白致遠後來告訴我佳歆去年遇到的狀況，她因為長得漂亮而成為別人投票的目標，所以白致遠才故意弄傷她的臉。不過，佳歆並沒有意識到長相是害她差點當選的主因，把繼續纏著繃帶當成對老爸的反抗，結果反倒保護了她。

白致遠還拜託我設法讓她繼續保持下去。

這樣我就算是完成任務了。

「對了，其他人怎麼還沒來？妳沒跟他們一起行動嗎？」

「沒有。他們說要先去見小春最後一面，因為她的靈堂今天就要收掉了。」

「他們竟然不找我一起去，這樣太不夠意思了吧？」

「之前都是你在處理那些事情，他們應該也會覺得過意不去，這也許是他們給你的補償。

而且……」

佳歆先是猶豫了一下，最後才鼓起勇氣說出這句話。

「這也是我的要求，因為我想要跟你獨處的時光。」

我突然有種危險的衝動，好不容易才忍了下來。

佳歆沒注意到我內心的掙扎，瞇起眼睛看向遠方。

「……我最近一直在想，如果我當初能更早看出小春的想法，悲劇是不是就不會發生了？

她在我面前一直很正常，也都跟我有說有笑，結果卻把票投給了我……這絕對不是她一個人的過錯。」

「……這也不能完全怪妳。她當時會投票給妳，也是為了拯救香瑩。更何況，連我這個青梅竹馬都無法看穿她的內心了，妳真的不需要太過自責。」

我握住她放在桌上的手。我們兩人都閉上眼睛，一起悼念死去的朋友。

不知道過了多久，佳歆率先開口。

「……香瑩好像確定要轉學了。」

「我知道。妳爸都告訴我了。不過，他負責管轄的地區發生這麼嚴重的事件，還是讓他的年終獎金全沒了。」

「如果不是他當初故意教香瑩錯誤的應對方式，這些事情根本不會發生，事情本來就是他惹出來的，這樣還太便宜他了呢。」

佳歆鼓起臉頰別過頭去。我無法幫白致遠說話，只能盡量聊些好消息。

「不過，如果香瑩能順利轉到其他選區，在新學校重新開始，我相信她這次一定不會有事的。畢竟阿文與阿凱都會過去陪她。」

「……你不會覺得寂寞嗎？」

「不會。」

我筆直注視著佳歆的眼睛，說出自己的真心話。

「因為我還有妳。」

「……騙子。」

我沒想到她會是這種反應，驚訝得合不攏嘴。

「我都聽說了，聽說你這段時間都是住在一個女人那邊。」

「等等，妳是說翊君姊嗎？她只是會來煮飯給我吃。因為她就住在我隔壁，而且那還是你爸跑去拜託她……」

說到這裡，我突然發現這一切都是某人的陰謀，忍不住握緊拳頭。

「可惡，那個臭大叔竟敢陷害我……！」

「嘻嘻。」

佳歆笑了出來。

「我只是跟你開玩笑啦。」

我輕撫胸口，但佳歆很快就換上嚴肅的表情。

「不過，我還聽說你將來打算進到選舉委員會工作，這是真的嗎？」

「……嗯，是真的。」

「是因為這次的事情嗎？」

「算是吧。不過，主要還是因為我在這段日子的經歷。我親眼見識到選舉委員會做的事情，才會做出這樣的決定。」

「為什麼？你以前明明那麼痛恨『民主』……」

佳歆還沒把話說完，我就打斷了她，因為我想盡快解開誤會。

「就是因為痛恨『民主』，我才必須去做這件事。不管我們是否喜歡這種制度，至少國家執行這種制度時的態度是認真的。他們是真心認為這樣能讓世界變得更好，也是認真要維持選舉的公平性。我無法全盤推翻這種制度，但如果我付出自己的心力，說不定可以讓選舉變得更公平，讓那種濫用選舉的悲劇不再發生。」

我說出自己的想法。佳歆沒有說話，靜靜注視著桌上的咖啡。

「……妳討厭我了嗎？」

「不。」

佳歆搖了搖頭，重新抬頭看向我。

「因為想法改變的人不只是你。那天晚上，我看到那個人為了保護你所做的事情，還聽到他當時說出的真心話。我就好像明白他甘願做政府走狗的理由了……媽媽一定也是愛著那樣的他。」

「……要是讓你爸聽到這些話，他八成會感動到哭出來吧。」

「別告訴他喔。」

「我知道。」

說完，我們相視而笑。我一口氣喝光杯裡的咖啡，起身這麼說道。

「走吧，我先帶妳去親愛之家看看。」

然後，我帶著佳歆離開咖啡廳，走向那個懷念的地方。

這幾個月發生的事情閃過腦海，讓我緊緊握住女友的手。

我不知為何再次想起那句話——

「你相信，殺人可以讓世界更美好嗎？」

我還是不相信那種事，但我相信人與人之間的感情。

就算這個被「民主」支配的世界充滿了悲劇，我還是要拚死守護身邊的女孩，守護這個只屬於我們兩人的烏托邦。

完

後記

大家好，我是作者廖文斌。

其實我以前是個輕小說作家，曾經在其他出版社出過十多本輕小說，但因為這部作品對我的意義不同，所以我決定改用本名出書。不管是只看過內容簡介，還是整本書都看完了，我相信本書的讀者應該都知道這是一部反烏托邦小說，而寫一本這樣的小說一直是我的夢想。我寫這本書不是為了宣揚什麼偉大的思想，也不是為了批判當今社會的任何事物，就只是為了替自己的大學時代做個總結。因為我就是在大學時代想到這個故事。

我在大學時代是個歷史系的學生。成績沒有特別優秀，也沒有什麼遠大的目標。我對那些中國斷代史的課毫無興趣，只喜歡那些跟政治思想與社會學有關的課程，尤其喜歡思考共產主義失敗的原因。畢竟對於一個熱血青年來說，共產主義的精神是很吸引人的東西。而我就是在這個過程中想到本書中的「民主」制度。我當時只覺得這個想法很瘋狂，完全不曉得這個憑空幻想出來的制度有何用處。不過，在我後來意外成為小說家之後，我就開始想要用這個構想寫出一部小說。

為了實現這個願望，我還看了幾部知名的反烏托邦小說。而影響我最深的一部作品，當然就是喬治・歐威爾的名作《1984》。這部作品讓我得以確認反烏托邦小說該有的基本元素與調性，為了書中那種不可能改變的悲劇走向，以及主角注定要敗北的命運感嘆不已，但因為我本人的性格使然，我實在無法給自己作品的主角一個悲慘的結局。如果有讀者看完本書後，覺得這部作品很不像是反烏托邦小說，那這一切全都是我這個作者的錯。請容我在此向大家道歉。

此外，也許是因為我以前寫了太多輕小說，如果有讀者發現書中飄散出淡淡的戀愛酸臭味，我也只能說這是無可奈何的結果。作者已經盡了全力，只是結果不盡人意。不過其實《1984》裡也充滿了戀愛酸臭味，所以我這樣寫好像也還可以吧。

最後，我要感謝願意出版本書的要有光（秀威資訊），以及在出書過程中給我很多建議與幫助的責編。這是我無論如何都想寫出來的作品，感謝你們幫我實現這個願望，同時也謝謝願意拿起這本書的各位讀者。衷心希望大家都能喜歡這部作品。

廖文斌

要推理119　PG3063

要有光
FIAT LUX

民主殺人：

南海第三高中死亡選舉實錄

作　　者　廖文斌
責任編輯　陳彥儒
圖文排版　黃莉珊
封面設計　王嵩賀

出版策劃　要有光
發 行 人　宋政坤
法律顧問　毛國樑　律師
印製發行　秀威資訊科技股份有限公司
114台北市內湖區瑞光路76巷65號1樓
電話：+886-2-2796-3638　傳真：+886-2-2796-1377
http://www.showwe.com.tw
劃撥帳號　19563868　戶名：秀威資訊科技股份有限公司
讀者服務信箱：service@showwe.com.tw
展售門市　國家書店（松江門市）
104台北市中山區松江路209號1樓
電話：+886-2-2518-0207　傳真：+886-2-2518-0778
網路訂購　秀威網路書店：https://store.showwe.tw
國家網路書店：https://www.govbooks.com.tw
總 經 銷　聯合發行股份有限公司
231新北市新店區寶橋路235巷6弄6號4F
電話：+886-2-2917-8022　傳真：+886-2-2915-6275

出版日期　2024年11月　BOD一版
定　　價　420元

讀者回函卡

Printed in Taiwan

國家圖書館出版品預行編目

民主殺人：南海第三高中死亡選舉實錄 / 廖文斌著. -- 一版. -- 臺北市：要有光, 2024.11
面； 公分. -- (要推理 ; 119)
BOD版
ISBN 978-626-7515-27-3(平裝)

863.57 113015588